声の在りか

寺地はるな
Haruna Terachi

角川書店

声の在りか

目次

装画　松尾穂波
装丁　坂詰佳苗

いちご

駅前の鐘音《かなと》ビルの二階に『アフタースクール鐘《かね》』という看板が掲げられていた。木曜の正午だった。

希和《きわ》が見つけたのが木曜の正午だったというだけのことで、看板自体は水曜に掲げられていたとマンションの隣人は言っていた。学校から帰宅した晴基《はるき》にその話をすると晴基はつまらなそうに「火曜日にはもうあったよ」と言い捨てて、ランドセルを床にほうり投げた。家に帰ったらまず所定の場所にランドセルを置くようにと、一年生の頃から何度も言っている。何度同じことを言えばいいのだろうと思う。同じことを同じように言っているだけだからだめなのかなとも思う。

さまざまな人の証言をまとめると、看板は月曜の夕方にとりつけられていた、ということになる。看板の設置業者一名とオーセンセと「鐘音家の次男」が、もうすこし右だの、あと二センチずらせだの、やいのやいのと騒いでいたらしい。

鐘音ビルの一階は小児科で、オーセンセ、とは去年長男に院長職を譲った医師のことだった。このあたりの人の発音では、大先生は「オーセンセ」と聞こえる。

晴基の乳児湿疹《しっしん》を診察し、はじめてのインフルエンザの予防注射を打ってくれたのは大先生だった。痛みをともなう処置をする時は「これは痛いよー」と声をかける人だ。「痛くないよ」なんて騙《だま》してはいけない、子どもから信用してもらえなくなるからね、とのことだった。

昔はこのあたりの子どもはみんな鐘音小児科に診てもらっていたと希和の母は言うが、近頃の鐘音小児科は駅裏にできた新しくてきれいな小児科に患者を持っていかれ気味で、いつ行っても空《す》いているともっぱらの噂だった。

そこへ来ての『アフタースクール鐘』だ。設置していたのは専門の業者のようだが、看板の文字はいかにも素人くさい手書きで、鐘という文字のあとに書きかけてやめたような中途半端な点がついていた。鐘音って書いている途中で面倒になってやめちゃったんじゃないの、と笑うおばあさんもいた。「鐘音家の次男」ならば、いかにもありそうなことだと。

「鐘音家の次男、なにをはじめるつもりだろうね」

鐘音家の次男にはさまざまな噂があった。たいていは良くない噂だった。

高校生の時に人妻とつきあっていた、とか、その後関係がこじれて人妻に刺された、とか、いや刺したのは逆上した夫だ、とか、まことしやかに囁《ささや》かれていた。

県内でいちばんの進学校を卒業して東京の医大に入った長男と違って、次男は漢字もろくに読めないバカだとか、九九もできないとかとも言われていた。

大先生がなんとかして私立の医大に入れようとしたけど本人がゴネたために入学すらかなわず、今はフリーターをしている、という話もあった。

よく野良猫に話しかけてるらしいという他愛ないものから「河川敷に住みついてるおじいさんいるじゃない、そうあのボロボロの服着てる、あの人とこそこそ紙袋の受け渡ししてるとこ見かけたよ、あやしぃね」とか、黒塗りの車に乗せられる姿を見かけたとか、それからあきらかに未成年の派手な女の子と腕を組んで歩いていたなどという、おだやかでないものも多くあった。

その噂の多くが根も葉もないものであろうと、希和には見当がついていた。鐘音家の次男の人となりをくわしく知っているわけではない。でも噂とはたいてい根も葉もないものだからだ。

けれどもそれをわざわざ指摘したりはしない。

田舎町の出身である夫は「田舎の人は噂好きなんだ」とよく言うが、それはすこし違うと希和はこっそり思っている。土地は関係ない。どんな共同体にも噂を好む人は一定数存在する。彼らにとって他人のトピックスは生きる燃料であり、社交の場における潤滑油であり、精神安定剤でもある。

鐘音家は代々医者の家系である。自己所有のビルも持っている。つまりは、金持ちである。その家における不肖の息子の存在は、「その他」の人びとを安心させる。ああやっぱり、人生ってなにもかもすべて完璧《かんぺき》ってわけにはいかないものよねえと、のびやかに笑い合うことができる。

そして「夫の故郷と比べれば」というだけで、この街だって都会というわけではない。人口十六万ほどの、どこにでもあるような地方都市だ。

有名な家電メーカーの本社があるから税収が安定していると言われていたが、数年前にその本社が東京に移転してからはずっと財政難という噂もある。

有名な観光スポットがあるわけでもない。国道沿いに大型ショッピングモールが誘致されて、商店街はシャッターをおろした店が目立つ。

希和はこの街で生まれた。小中高と公立の学校を選択し、自宅から通える短大を卒業したあとは市外の保育園に保育士として就職した。夫とは友人の結婚式の二次会で知り合った。

マンションを買う際に夫が口にした「子どもを育てるのだったら君の実家に近いほうがいいだろ」という言葉を、当時はやさしさとして受け取っていた。

今ならわかる。夫には、育児とは両親が協力のうえおこなう仕事であるという意識が、露ほどもない。希和の両親の近くにいれば、育児を「手伝う」のは自分ではなく、希和の両親になる。

自分はこの、開けているようで静かに閉じている街から出ることなく老いていき、そして死ぬ。先が見えている。

希和はだから、街の人びとが楽しむ噂話に水を差すような真似はしない。波風は極力立てない。なにを聞かされても、あいまいな微笑みを浮かべて「そうですか」「そうなんですか」「そうなんですね」を順繰りに舌にのせる。

それに鐘音の次男をかばったって、自分自身にはなんのメリットもない。『アフタースクール鐘』がなんなのかもわからない。かばいようがない。

年齢で言えば、ずいぶん下だ。希和が中学一年生の時に、むこうが小学一年生だった。鐘音家の長女である理枝《りえ》ちゃんとは同級生で、同じ料理部に入っていて毎日一緒に帰っていた。

理枝ちゃんと他愛ないことをお喋《しゃべ》りしながら歩いていると、角から突然男の子が飛び出してきた。細い身体に背負った黒いランドセルは異様に大きく見えた。

おねーえちゃん、と男の子は彼女に呼びかけ、前歯のない口を大きく開けて笑った。ちょうど歯の生えかわる時期だったのだろうが、ひどく間が抜けて見えた。

「これ、弟。かっちってーの」

ランドセルに手を添えるようにして希和に紹介してくれた理枝ちゃんがその時どんな表情をしていたのか、なぜかまったく覚えていない。そのあとふたりは寄り添うようにして歩き出した。

おねえちゃん、さっきね、と喋っている言葉はすべてひらがなに聞こえた。ああ、うん、そうなの、と相槌《あいづち》を打っていた理枝ちゃんは彼女のふたつ年上の兄、つまり鐘音家の長男と同じく成績優秀で、ふたりともいかにもかしこそうな顔立ちをしていたから、その弟を見て「似てないな」と思ったことを覚えている。

小学生の頃の理枝ちゃんは、いつもお人形みたいなかっこうをしていた。赤やピンクのワンピースを着て、腰まで届くような長い髪を編みこみにしていた。

優秀な彼女と自分がなぜ一緒に帰宅していたのか、希和はその経緯を思い出せない。なんせ二十年以上前のことだ。同じ部活だったから、家の方角が同じだったから、といっても、属しているグループは違っていた。教室ではほとんど会話した記憶がない。

なんとなく、って感じだったのかなあ。氷砂糖の袋をはさみで開けながら、希和は当時を思い出そうとしている。一緒に帰ろうね、と約束していたわけではなく、同じ方向に歩くうちに隣に並んでいただけなのか。

話しかけなきゃ悪い、とでも思われていたのかもしれない。彼女、理枝ちゃんにはそういうところがあった。偉大なる公平さ。溢《あふ》れんばかりの親切心。

今はたしか離島だか人里離れた山村だかで、お医者さんをやっているんだっけ。理枝ちゃんらしいな。そんなことを考えながら、いちごを洗う。小粒のが売られていてよかった。

瓶の中にいちごと氷砂糖を交互に入れていくと、赤と白の模様ができあがる。

数日寝かせて氷砂糖が溶けたら、きれいに澄んだ赤色のシロップになる。乾いた布で瓶を拭《ふ》き、蓋《ふた》にはったマスキングテープに「2019年4月15日」と書きこんだ。

百円ショップで買ったマットの上に置いてから、スマートフォンで写真を何枚も撮った。いちばんきれいに、かつおしゃれな雰囲気になるフィルターを選び、うっかり隅にうつりこんでしまったマグカップをトリミングで排除して、SNSに投稿する。いちごのシロップは炭酸で割るといちごソーダになるし、かんたんでおいしいです。いちごはまだまだたくさんあるから、ジャムもつくります。という他愛ない文章も添える。

枇杷《びわ》のゼリーをつくった時も、あんずのジャムを煮た時も、同じように投稿した。梅酒の時は、スーパーで買った梅なのに「実家の庭で採れた梅」と書いた。なんとなくそのほうが良いと思ったから。

実際にいちごシロップをつくっている時より、自分の投稿を眺めている時のほうがいわゆる「ていねいな暮らし」をしているという実感がわく。

嘘をついている、という意識はなかった。いつも上機嫌でいるのが良い大人の条件であるとみんな言うではないか。機嫌よく過ごすために体裁を整えることの、いったいなにが問題なのかとすら思う。

いちごはそのまま食べるのがいちばん好きだ。小粒だったり、すこしすっぱかったりしても、なにもつけずに口にほうりこむのがいい。ジャムになったいちごはぶよぶよした食感があまり好きではない。

シロップにしたって、ほんとうはそんなに好きでもないのだ。以前かき氷にかけて晴基に出してやったことがあるが、気のない様子で「色がうすいね」のひとことで終わった。いちごから抜け出た色は瓶の中では鮮やかだが、氷にかけるとたしかに淡い。着色料の赤さは超えられない。

家族に喜ばれないとわかっていても、それでもやっぱり自分はたいして食べもしないジャムをつくって、その工程をひとつひとつ撮って投稿するだろう、と希和は思う。いちごを煮詰める際に取り除くあくは捨てずにとっておいて、牛乳を注ぐといちごミルクになりますよ、という文章も添えるのだろう。それはネットで得た知識であるのに、母や祖母から教わったかのように、子どもの頃からそういったものを口にしてきたかのように書くのだろう。

いちごシロップの投稿にすぐさま「いいね」をくれるフォロワーたちの投稿には高確率で「#ていねいな暮らし」とか「#暮らしを楽しむ」とかいったタグがつけられている。今度から自分もそうしよう、と希和は考える。彩りの良いお弁当。図書館で借りた本とおやつの画像。お金のかかる趣味や交際をひけらかしているわけじゃない。なんとささやかで、いたいけな人生の楽しみかただろう。

暮らしを楽しむ。いい言葉だ。希和は自分の「暮らし」に、概《おお》ね満足している。概ねは。

『アフタースクール鐘』の正体は、民間学童らしかった。学童なら、市が統括する児童クラブがある。晴基も二年生までそこに在籍していた。利用料はたしか月五千円程度だったと記憶している。

民間、ってどうなんだろうね。どこかからそんな囁き声が漏れ聞こえる。参観日の教室は混沌《こんとん》としている。窓から入ってくるのは光と給食の匂い。充満して空気を重くするのは保護者たちの香水や、柔軟剤の匂い。墨汁の匂いと埃《ほこり》っぽさと、子ども特有の体臭と。女の子たちのヘアアクセサリー、男の子の服にプリントされたがちゃがちゃした絵柄、落ち着かない様子の彼らが立てる物音と、担任の先生のはりあげる声と、保護者たちのお喋り。

晴基はいちばん前の席に座っていた。低学年の頃は何度も振り返って手を振っていたが、今ではもうちらりともこちらを見ない。

参観日が苦手だ。誰にも言ったことはないけれども、運動会も親子行事も、できれば参加したくない。

晴基は地声が小さい。ミミズの這《は》ったような字しか書けないし、絵もへたくそだ。スポーツ全般苦手らしく、劇などではたいてい通行人みたいな役をあてがわれている。一年生の頃から今も変わらずひょろひょろの痩《や》せっぽちで、去年のすもう大会では体格の良い女の子に突き飛ばされて、あえなく一回戦で敗退していた。

自分の子どもが活躍する機会などないとわかっている場に、どうして行きたいと思えるだろう。

この小学校は、子どもが多かった昭和四十年代に近くの小学校から分校するかたちで生まれた。しかし生徒数は年々減少していき、これまでは学年二クラスだったのが今年度から一クラスになった。生徒と保護者がみっちりとつめこまれた教室は余白がすくなく、先生も机のあいだを通るのにさえ苦労しているように見受けられる。

希和は誰とも話さず、前を向いている。話し相手がいないわけではない。子どもを同じ小学校に三年も通わせていれば、友だちとは呼べないまでも顔見知り程度にはなれるし、誰とでもあたりさわりのない会話ができる程度の社交性は持ち合わせているつもりだった。でも積極的に話しかけたい相手はいない。

民間ってことは、という声に、希和は耳を澄ます。すでに授業がはじまっているのに保護者の私語はあちらこちらで続いている。

子どもに関わることをお金もうけの対象にするってなんか、ねえ。くぐもった笑いが続く。顔を向けると「なんか、ねえ」の発信者と目が合った。岡野《おかの》さんだ。

会釈をしたら、ごく自然に目を逸《そ》らされた。

黒板の前で、担任の先生が両手を打ち鳴らす。はいみんな静かにしよー、という声は子どもたちに、というよりは保護者たちにぶつけられたもののように思われた。

参観のあとは、保護者懇談会となっている。出席は任意なのだが、四年生になって最初の懇談会であるせいか、いつもより出席率が高いようだ。机をロの字に並び替えて、めいめい着席する。希和が座った席の正面に岡野さんが座っている。両隣に陣取る八木《やぎ》さんと福岡《ふくおか》さんは従者のようだった。女王はつんと尖《とが》った顎《あご》を上げ、先生がプリントを配るさまを、腕を組んで眺めている。

先生は若い。二十代であることは疑いようもないが、新卒か、二、三年目、といったところか。

「子どもたちに夢とか希望とかそういうものを与えたくて教師になりました」とハキハキ自己紹介している。始業式の日に配られた学級だよりには「趣味♪バレーボール」と書いてあった。趣味とバレーボールのあいだに「♪」を挿入することをためらわぬ人を、希和は「すこやか」と感じる。先生はまぶしいほどにかわいくて、すこやかだ。「沢邉《さわべ》あみ」というフルネームにも若さを感じる。

先生がなにか言うたび、岡野さんは頷《うなず》く。口角はやわらかく持ち上がっている。

その人、ボスママってやつでしょ。以前妹に、岡野さんの話をした時にそう言われた。妹が口にする「ボスママ」はいかにも気の強そうな、ブルドーザーみたいな勢いのある女を連想させ、そういうんじゃないんだって、と強く否定したことを覚えている。

妹には希和が岡野さんをかばっているように見えるらしい。お姉ちゃんはさあ、そんなんだからさあ、と不満そうに鼻を鳴らした。そんなんだからなめられるんだよ、とまではさすがに言わなかったけれども。

岡野さんはでも、ほんとうに「そういうんじゃない」のだ。物腰はいかにもやさしげで、口調はいつも絵本の読み聞かせでもしているようにおだやかだ。

発言の内容だって、けっして攻撃的ではない。「なんか、ねえ」とか「ちょっと、どうなんだろう?」とか首を傾げるだけで、あとは周囲の人間にすべてを委《ゆだ》ねる。そういうことができるから、女王なのだ。

さきほどから従者の視線がちらちらとこちら側に投げられていることに、希和はもうとっくに気づいている。口もとに意味ありげな笑いが浮かんでいることも。

希和の左隣には、堤《つつみ》さんが座っている。シングルファザーで、その子どもはいわゆる多動と呼ばれる生徒だった。

右のふたつ隣には吉見《よしみ》さんがいる。喋ったこともないし彼女のことはよく知らないが、給食費を払えないぐらい貧乏だという噂を耳にしたことがある。夫に暴力をふるわれているると聞いたこともある。陰気そうに背中を丸めている姿は、さきほど授業を受けていた彼女の娘とそっくりだ。

岡野さんたちは、堤さんや吉見さんを見ているに違いない、と思おうとする。晴基はできる子ではないけど、問題児とまではいかないはずだ。だからだいじょうぶ。だいじょうぶ。目を伏せて、この時間をやり過ごす。

あちら側とこちら側。

ロの字にくっつけられた机の、あちら側に自分が座ることはきっとない、と希和は知っている。

岡野さんのSNSのアカウント名には、なにかの日付との組み合わせで「apple」という単語が使用されている。八木さんは「chocolat」で、福岡さんは「kitty」だった。いずれも匿名だが、話している内容や画像で容易に彼女たちだと特定できた。
例の先生、なんかちょっと?‌?‌?　またあのカフェ一緒に行こー。こんどは三人だけで（ハートの絵文字）こないだスイミングのあとで○○さんにロックオンされてたね（涙を流して笑う黄色い顔の絵文字）てかやっぱ一クラスって人数多くない？（うんざりしたような黄色い顔の絵文字）あの先生ぜったい全員の名前覚えてないよね（汗の絵文字）
りんご、ショコラ、子猫。かわいらしい名前が発するにぎやかな言葉たちはたっぷりと毒を含んでいる。触れた場所から爛《ただ》れていきそうで、無意識に何度もスカートの膝《ひざ》に指先を擦《こす》りつける。
爛れていきそう、とおびえながらも希和の指はまたスマートフォンの画面をスクロールしてしまう。

彼女たちはここでも『アフタースクール鐘』の話をしていた。

民間ってことはお金目的ってことでしょ。お金目的の人に子ども預けるって、やっぱどうなのって思っちゃう、という kitty のコメントを読んだところで、仕事の休憩時間がとっくに終わってしまっていることに気づいた。

スマートフォンをトートバッグにほうりこんで、急ぎ足で休憩室を出る。壁に向かってパソコンを置いた机が並べられた業務室には窓がない。すでに席について仕事を再開している人は八割程度で、よかった遅刻したのは自分だけではなかったと胸をなでおろす。

コメント管理、というパートの求人を見つけた時は、楽な仕事だと思っていた。口コミサイトに書きこまれたレビューに、誹謗《ひぼう》中傷などが交じっていないかチェックするだけ。時給は千円。それ以前はフードコートで働いていたし、フードコートの前は工場で仕分け作業の短期パートに通っていた。

ただパソコンの前に座って、他人が書いた文章を読めばいい、こんな楽な仕事はない、と思ったが、実際はチェックした件数がすくなければチーフから嫌みを言われるし、窓のない部屋でずっと座りっぱなしというのも存外気が滅入《めい》る。誹謗中傷よりも、どうでもいいようなことをだらだらと書きつらねた飲食店のレビューなどを読むのが苦痛だった。日記帳にでも書いておけと言いたくなる。

将来の夢は保育園の先生です、と小学校の卒業文集に書いた。強い憧《あこが》れを持っていたわけではなかったが、自分が書いた言葉に引きずられるようにして、高校・短大と進路を選択して、実際に保育士となり、二年ほど勤めた。結婚前の話だ。だけど今ではもう、保育園のような過酷な職場に復帰できる気がしない。自分のような「子どもってかわいいよね」程度のふわふわした気持ちの人間につとまるような、やわな仕事ではなかった。

母の誕生日なのでこちらのカフェに予約をしたのですが云々《うんぬん》というどうでもいい投稿を読みながら、希和の意識はまた岡野さんのSNSに舞い戻る。例の先生とは沢邉あみ先生だろうし、「○○さん」はきっと誰か保護者のうちのひとりなのだろう。

また誰かが、彼女たちのグループから弾《はじ》かれる。あのカフェこんどは三人だけで、と書いてあったし。

晴基が一年生の時に何度か岡野さんたちと一緒にお茶を飲んだことがある。入学式で前後の席に座っていて、連絡先を交換したのだった。なんとなくこのまま彼女たちのグループに加えてもらえるのかな、という漠然とした期待があった。

岡野さんの娘が通っている子ども英語教室に誘われて、体験入学にも参加した。

ピカピカした教室だった。色鮮やかな看板と、元気の良い講師の笑顔がまぶしかった。部屋の中なのに人工芝が敷いてあった。ダンスをしたり、リズムゲームをしたりしながら英語を学ぶというコンセプトらしかったが、晴基は体験入学がおこなわれる一時間のあいだ、どんなに促されてもひとことも言葉を発しなかったし、じっと立ち尽くしたままうつむいていた。

うちは無理です。月謝も入会金も、ぎょっとするほど高かった。

そう言ったら、岡野さんの頰からすっと表情が消えた。

「あ、そうなんだ」

ふい、と顔を背けられて、それからは学校行事で顔を合わせても、挨拶《あいさつ》を返してもらえない。

どうすればよかったんだろう、といつも思う。あきらかに乗り気でない晴基を引きずってでも、あの教室に通わせればよかったのだろうか。家計をやりくりしてあの英語教室に通わせる費用を捻出《ねんしゅつ》すれば。そうすれば、自分はあっち側に行けたんだろうか。

彼女たちのことなどすこしも好きではない。仲良くなりたいとは思っていない。それでもなお「あっち側」は、明るくまばゆい。

あいかわらずテレビつけっぱなしなんだな。

実家に足を踏み入れてまず、そのことを思った。前に来た時にも同じことを思った気がする。実家のテレビは一日中ついている。その部屋に誰もいない時でも、ずっと。

この家で生まれ育った。和室の襖《ふすま》の絵も、戸棚に並ぶ皿やグラスも、慣れ親しんだもののはずなのに、赤の他人の家に行った時よりもずっと希和を居心地悪くさせる。家の中のあらゆるものが「ここはもうお前の家ではない」と主張しているような気がする。

それでも、月に一度はここに来る。以前電話で母から「同じ市内に住んでいるのにちっとも顔を出さない」と苦言を呈されてからはかかさず顔を出すようになった。

父は定年退職したのちすぐに嘱託で働き出して、日中は家にいない。母は以前は近くのクリーニング店でパート勤めをしていたものの、ここ数年は億劫《おっくう》がってずっと家にいる。

母はこたつに肘《ひじ》をついてワイドショーを見ている。あるいは見ていない。ただ漫然と、与えられる情報を受けとめてはまた流すだけの装置のように、そこにいる。

もともとは、すこし神経質に感じられるほどきれい好きな人だった。家の中はいつもきちんと片付いていた。でも最近はやたら腰が重くなった。希和が滞在する数時間のあいだ一度も動かず同じ場所に座っていることもよくある。

実家では春でも夏でも、テーブルがわりにこたつを使う。こたつの脚には妹が小さい頃にはった猫のシールがまだ残っている。

「この女優さん、人気あるの？」

母が画面の中の女優を指さす。ドラマの宣伝でゲスト出演しているらしい。このあいだ観た映画に出てたよ、その映画は、とあらすじを話しかけた希和の声は、母の「あんまり美人じゃないよね」という呟《つぶや》きに遮られる。

母はよくこんなふうに、他人の外見のことを気軽に口にする。太ったの痩せたの老けたの整形したんじゃないかだのと。一緒に暮らしていた頃はそういうものだと思っていたが、ひさしぶりに聞くとやはり、その無神経さにぎょっとする。

「この人は？　知ってる？」

母が今度は、コメンテーターの女性を指さした。画面の下のテロップに「ジャーナリスト」と書かれている。著書名の他に「一男一女の母」とも。すぐに男性のコメンテーターに画面が切り替わったが、男性の家族の有無については書かれていなかった。

母はジャーナリストの女性の外見にたいしても言及する。鼻が大きいだの、太っているだのと。

「ま、この人は外見がアレでも結婚もして子どももいるしそれでばりばり活躍してるんだから、えらいよね」

そう言って母がテーブルの上の箱から、マドレーヌをつまむ。希和が焼いて持ってきたものだ。

「お皿出すね」

「いい。このまま食べる」

マドレーヌをひとくち齧《かじ》ると、いくつかのかけらが膝の上に散らばった。母はでも、そのことに気づいていない。

「ちょっとバターが多いね」

「……そうね、だって、マドレーヌだから」

話しながら、母が希和のほうを見ることはほとんどない。晴基や希和の夫がどうしているかとも訊《き》かない。これほどまでに自分の娘に興味がないのに、実家に寄りつかないことには文句を言う。

お母さんはわたしに会いたいわけじゃないんだ、と口の中で呟くと、腹の底で苛立《いらだ》ちのあぶくがいくつも湧く。この人はただ「娘にかまわれない母親」として生きるのが嫌なだけなんだ。

自分がその母の言いなりになって毎月ここに来ている事実を思うと、さらに湧く。つめたい娘だと謗《そし》られること。それを回避するためなら月に一度ここに来るぐらいなんてことないではないかと自分に言い聞かせているわたしのほうがよっぽど情けない、というあぶくは、いつまでもおさまることがない。

「仕事して子育てして家事してるとえらい、のかな」

言いながら、希和は絨毯《じゅうたん》を見ている。そこに落ちた、もう食べものではなくゴミになってしまったものたちを見ている。ふしぎだなと思うが、そのふしぎさを言葉にする術《すべ》を希和は持たない。

数年前に「すべての女性が輝く社会」という言葉を目にした時に感じた、あのなんともいえないうんざりした気持ち。勉強や仕事、結婚と出産と育児と家事とその他諸々。あれもこれもと背負わされたうえに、そのうえさらに「輝く」ことを目指さなきゃいけないの、と途方にくれてしまったのだ。

「えらいえらいって持ち上げて、女の人になんでも背負わせようとしてる感じがする」

「それは、できる女の話でしょ。あんたとは次元の違う、選ばれた女の話。希和は平凡に生まれついてよかったね。気楽なもんよ」

誰もあんたに期待してないよ。母の口癖だった。希和の同級生の母親の前では、誰それちゃんは勉強ができていいよねえ、うちの希和はぜんぜんだめだから、と笑い、家に帰ると、ほどほどがいちばんよ、だって女の子なんだから、と言った。どれだけがんばったって、たかが知れてるんだから、と。

どれだけがんばったって、たかが知れてる。あんたみたいに平凡な子はどうせ大統領にも宇宙飛行士にもなれないしノーベル賞ももらえないんだからね。せめて人様に好かれるようにいつもにこにこ文句を言わずに、身の丈にあった幸せを大事にすることだね。

立ち上がって、戸棚から皿を出した。「洗い物が増えるからいいってば」という母のめんどうくさそうな声が小石のように背中にぶつけられる。

『アフタースクール鐘』の看板が掲げられて二週間後に、子どもたちの笑い声が聞こえてきた。

ビルの二階だが誰でも入れるようになっているらしく、セキュリティー的にどうなの、という批難の声も聞こえてきた。利用者ではない子どもたちも遊びに行けるらしい。子どもを連れて小児科を受診したマンションの隣人は「二階からどすんどすんって、すもうでもとってるみたいな音がした」とぼやいていた。

鐘音ビルの敷地には庭があって、鐘音小児科の待合室の大きな窓からは、その様子が見える。芝生はいつもきれいに整えられていて、隅に設《しつら》えられた白いベンチとのコントラストが鮮やかだった。

もみの木が一本植えられていて、十二月にはそこに電飾が施される。希和はパートの帰りに通りかかって、そのもみの木になにか木の札のようなものがいくつか吊《つ》り下げられているのに気づいた。

かまぼこ板を半分にしたぐらいのサイズの、四角い木の札だった。上部に錐《きり》で開けた穴に毛糸を通して、枝にひっかけてある。もみの木は小児科の入り口近くの、通りに面した場所にある。敷地内に足を踏み入れなくても、希和はそれを見ることができた。油性ペンで「アイドルになりたい」「クロールがはやくなりますように」などと書いてあるところを見ると、絵馬みたいなものだろうか。しかしゲームのキャラクターの絵が描かれているだけの札もあれば、ひとこと「おすし」と書いてあるものもある。

わけがわからない、と思いながら顔を上げたら、いちばん高いところに吊り下げられた札が目に入った。

へなへなした字で、「こんなところにいたくない」と書いてある。晴基の書く字にそっくりだった。


晴基を市の児童クラブに行かせるのをやめたのは、二年生の二学期だった。学校が終わると児童クラブに行かずに勝手に家に帰ってきてしまうようになって、理由を訊いたら「高学年の女子に毎日蹴《け》られるから行きたくない」とのことだった。ひとりで留守番はさせられないから、と何度言い聞かせても、晴基はやっぱり帰ってきた。

先生に相談しようと思うと夫に話したら「やめとけ」と言われた。

「相手は女子だろ。情けないな、晴基は」

ナッサケナイ、というような、どこか頓狂《とんきょう》な発音だった。俺らの時代は蹴られたら相手が女子だろうがなんだろうがやり返してたよ、とも言った。

「俺らの時代」の話を、夫はよくする。俺らが子どもの頃、ゲームは一日一時間と決まっていた。公園に行くと誰かがいて、暗くなるまで一緒に遊んでた。

「俺ら」が誰と誰のことなのか、いまだにわからない。希和が含まれていないことはたしかだが。

俺らが子どもの頃は皿洗いとか風呂《ふろ》掃除とか毎日やらされてたし、箸《はし》の持ちかたとか食べかたとかけっこう厳しくしつけられてたな、と言う夫は食事中にスマートフォンをいじるし、皿洗いなど希和が風邪で寝込んだ時にしかしない。

ともあれ晴基は、児童クラブをやめた。最初は家にひとりでいる晴基のことが心配で、妹に頼んで様子を見にいってもらっていたが、三年生になってからはそれもなくなった。晴基は問題なく留守番をこなしたし、妹から過保護呼ばわりされるようにもなったから。

妹の子どもは小学六年生になる。結婚も出産も、あちらがはやかった。母と妹はよく似ている。外見も、言うことも。三十歳を過ぎた頃からますます近づいてきた。

近頃の晴基は放課後学校内（おそらく教室か図書室）で宿題を済ませ、そのあと友だちと遊んで家に帰ってくる。春夏は五時三十分、秋冬は五時、という門限を破ったこともない。キッズ携帯も持たせてある。

干渉し過ぎも良くないから。ものわかりのいい親ふうの、その言葉を口にすると、目を背けていられる。息子のことがよくわからなくなってきている、という事実から。

生まれる前の希和と晴基は近かった。まるく膨らんだ自分のお腹をとんとん、と叩《たた》くと、すぐさま子宮の壁を蹴ってきた。ただの反射だ、とわかっていてもうれしかった。はるちゃん、はるちゃん、と何度も呼びかけた。性別は聞いていなかったが、男でも女でも「はるき」と名付けると決めていた。

目のぱっちりした、色の白い赤ちゃんだった。抱っこ紐《ひも》で歩いていると、いろんな人

（おもに年配の女性）がのぞきこんできた。

かわいい子ねえ。男の子？　女の子？　母乳？　ミルク？　布おむつ？　紙おむつ？

うっとうしいとは思わなかった。大切にしてあげてね、という、よく考えればじつに余計なお世話の言葉を投げかけられることも当時はさほど気にならなかった。誰にのぞきこまれても、晴基の目はいつも希和の動きを追う。それがなによりも誇らしかった。かわいい、かわいい、わたしの息子。

よく女の子に間違えられた。あんまりかわいいから、と間違えた人はたいていそう言い訳した。いえそんな、と謙遜《けんそん》しながら、心の中では、そうでしょうね、と納得していた。親ばかなんかじゃない。晴基はほんとうにかわいらしい子だったのだ。

「晴基、最近できた『アフタースクール鐘』ってところに勝手に出入りしてるかもしれない」

晴基が入浴中のタイミングを狙って、夫に相談することにした。生返事しか返ってこないとわかっていても、夫婦には子どもの話題を共有する義務があると希和は思っている。夫は「んあ」というような声を漏らした。視線は手元に置いたスマートフォンの画面から一ミリもずれない。

「民間学童っていうのが、最近できたの」

「んあ」

「勝手にそんなとこに出入りしてるのはまずいと思うのよ」

スマートフォンの小さな画面の中で、女が踊っている。自宅らしき背景。芸能人でもない女がとくべつうまくもないダンスを披露する動画の、いったいなにがそこまで夫の興味を引くのか、希和にはまったくわからない。メンチカツを持った箸は空中で静止したままだ。いつも上の空で食事をしているから、凝った料理を出そうが出来合いの惣菜《そうざい》をそのまま皿にのせて出そうが、うまいともまずいともコメントしない。

希和は夫と会話することをあきらめて、台所で洗いものを再開する。このマンションの購入を決めた時は、対面型のキッチンカウンターがうれしかった。家族の様子を見ながら料理ができる、と思ってダイニングテーブルをカウンターにくっつける配置にしたが、食事をしている夫を見ながら洗いものをするのが、今ではほんのりと苦痛だ。

なるべく視界に入らないようにうつむく。このあいだ買ったばかりの赤いスポンジが、もうへたりはじめている。泡立ちの悪さにいらいらしながら洗剤を足す。手の中でくしゅっとつぶすと、スポンジは煮詰めたいちごのようにあっけなくかたちを変える。

首にタオルをかけた晴基が居間に現れた。父にも母にも視線を向けることなく、まっすぐに冷蔵庫に向かう。

あら、もうお風呂あがったの。

ねえ、あなたは放課後になにをしてるの。

ちゃんとシャンプー流したの。放課後どこでなにをしてるの。

きちんと身体拭いたの。なにを考えてるの。

言いたいことはたくさんあるのに、今言うべきことと言うべきではないかもしれない言葉を慎重に選《よ》りわけているうちに、喉《のど》がふさがったようになる。

わたしの声、と思う。飲みこみ続けているうちに引っこんでしまって、とっさに出てこない。もう消えてしまったのかもしれない。

冷蔵庫から出したミネラルウォーターのペットボトルを携えて、晴基は台所を去る。居間に置いたソファーは大きくて、そこに寝転がる晴基の姿をすっかり隠してしまう。

遠い、と思う。とても遠い。

晴基がピンクのハンカチを欲しがったのは、一年生の頃だった。二年生になっていたかもしれない。時期の記憶はあいまいだ。

僕、これ欲しい。晴基はめずらしくきっぱりとした口調で言って、ハンカチを差し出した。格安衣料品店の雑貨コーナーに並んでいたから、さほど高価なものではなかった。ピンクの地に白いドット柄かと思ったが、よく見たらいちご柄だった。

「それは女の子用よ」

同じ棚に並んでいた恐竜柄や迷彩柄のハンカチや、店内に流れていた曲も思い出せるのに「女の子用」という説明に、晴基がすんなり納得したかどうかはまったく覚えていない。

どんな表情で希和の言葉を聞いていたかも。

それらを忘れていることこそが、晴基と希和がこんなにも遠くなった原因のひとつのように思えてならない。

へたったスポンジで音が出るほど強く皿をこする。夫が箸からメンチカツをぼとりと落としたのを、視界の端でとらえた。


『アフタースクール鐘』の利用者が、すこしずつ増えていく。

鐘音家の次男は、毎日小学校の校門に子どもたちを迎えに来るという。最初はひとりかふたりだったそうだが、希和が見かけた時には五人に増えていた。鐘音家の次男を先頭にぞろぞろ歩く姿はハーメルンの笛吹き男を思い出させる。

鐘音家の次男の名前は要《かなめ》という。理枝ちゃんはかっちと呼んでいた。なんか名字みたいな名前でしょうちの弟、お兄ちゃんも研《けん》だし、と話していたことをこのあいだ唐突に思い出した。

唐突に、でもない。このところずっと『アフタースクール鐘』のことばかり考えているせいで、鐘音家に関するさまざまな古い記憶がつぎつぎによみがえるのだ。次男の名前の他にも、いろいろ。

たとえば小学生の頃、理枝ちゃんの身におこった事とか。

パートを終えて外に出たら、雨が降っていた。折り畳み傘を広げたらほんのりとかび臭い。以前に使った時にしっかり乾かさなかったせいだ。

まだ五月だというのに、このところ毎日夏並みに気温が高い。歩いていると、額に汗が滲《にじ》む。

暑いのと、傘が小さくてバッグが濡《ぬ》れるのと、いつまでも臭いのとでどんどん気が滅入ってくる。顔を上げたら、いつのまにか『アフタースクール鐘』の近くまで来ていた。

背伸びをして、垣根越しに庭をのぞきこむ。このあいだのぞいた時には子どもたちが遊んでいたのだが、今日は雨が降っているせいか誰もいない。二階の窓でなにかが動いた気がした。あの中に、もしかしたら晴基がいるのかもしれない。

こんなところにいたくない。

あれはやっぱり晴基が書いたのだろうか。こんなところとは学校だろうか。なにかつらいことでもあるのだろうか。それとも家のことだろうか。家庭内での処遇に不満があるとでもいうのか。知りたいと思う。知りたくないとも思う。両極端なのに、同じ密度で喉元をせりあがってくる。

「あの」

背後で声がして、とびあがりそうになる。振り返ると、鐘音家の次男が立っていた。

激しい雨ではないが、小降りというわけでもない。それなのに次男こと鐘音要は傘をさしていない。すこし長い、でも肩には届かない程度の髪が濡れて、額にはりついている。

お困りですか、と鐘音要は言った。垣根越しに庭をのぞくという、不審者じみた行為をしている希和に向かって。

理枝ちゃんの、という言葉がとっさに出た。

「理枝ちゃんの弟さんですよね」

姉の小中の同級生だと聞いても、鐘音要は「はあ」と鈍い反応しか示さなかった。濡れた長袖《ながそで》のTシャツがはりついて、胸板の薄さが強調されている。

「あの、雨、降ってますけど」

希和に言われて、はじめて気づいたように空を見上げる。白い頰を雨粒が打った。

「ああ、雨」

降ってますね、とゆっくり頷く。

「傘持ってないんですか」

「傘」

ぼんやりと復唱する鐘音要に向かって、「そう、傘」といらいらしながら繰り返した。

自分より年下の男性はみんな頼りない子どものように見える。晴基を産んでからそうなった。ああ、とようやく鐘音要は頷いた。

「傘がなくても濡れたら拭けばいいですから」

子どもみたいなことを言う男だ。

「あの、うちの息子が勝手にここに出入りしてませんか」

坂口《さかぐち》晴基、四年生です、来てますよね、あの木にかかってた札を見たんです、あれは息子の字なんです、とにじりよると鐘音要は一歩後ずさった。水たまりをよけるような自然な動作だが、たしかに希和から距離をとろうとしている。

「さあ。いろんな子が来るんで」

「いろんな子が来るんでって……ここって民間学童ですよね。セキュリティー的にどうなんですか、それ」

誰かの言葉を、深く考えもせずに舌にのせた自覚はあった。それを恥ずかしいと思う客観性は、今は脇に置く。

あー、うん、まぁ、と鐘音要はひとさし指でこめかみを掻《か》く。

「わりとゆるくやってるんで、うちは」

ゆるく。ゆるくって。一瞬声が出なかった。よその子を預かるのに「ゆるく」じゃ困るだろう。責任、責任、責任。保育士として勤めているあいだ何百回何千回と浴びせられてきた言葉がよみがえる。頬と耳朶《みみたぶ》が熱を持つ。そんなんだから、と気づけば口にしてしまっていた。

「そんなんだから、陰でいろいろ言われるんですよ」

「え、そんなにいろいろ言われてるんですか。どんなことを?」

問い返す鐘音要は、むしろおもしろがっているように表情を輝かせる。

自分が見聞きした『アフタースクール鐘』についての陰口のひとつひとつ、思い出せる限り並べ立ててやりたい。

鐘音要のなにがこんなに自分を苛立たせるのか、希和にはわからない。鈍いのか超然としているのかわかりかねるこの目の前の男が動揺するところが見たかった。

見たい。見たい。身体が震えるほど願う。噴き出した汗が背中を流れ落ちる。傘から漂うかびの臭い。通り過ぎる人の不躾《ぶしつけ》な視線。陰口。陰口に聞き耳をたてる自分。匿名のアカウントを特定して会話を追いかける自分。

こんなところにいたくない。

わたしだって、こんなところにいたくない。いたくなかった。

たかが知れてる、なんて、ほんとうは言われたくなかった。

「他人にいろいろ言う人は」

鐘音要が濡れた前髪を指ではらった。

いろいろ言う人はいろいろ言いたい人なので他人がなにをしていてもいろいろ言うし、いろいろ言われないように自分の行動を制限するのは不毛である、というもたもたした説明を聞いているうちに、すこしずつ傘を持つ手から力が抜けていった。このふわふわした男の声を聞いていると、自分がまじめに話しているのがばかばかしくなってくる。

「かなめさん」

視界の隅の低い位置で、赤い色が揺れる。傘だった。子ども用の。

「どうした、まみちゃん」

傘をさした女の子は、一年生か二年生ぐらいだろう。ねえねえ、と鐘音要の袖を引っぱっている。

「まみちゃん、お約束覚えてる？」

女の子は鐘音要のTシャツの裾《すそ》をいじくりまわすだけで、なにやらニヤニヤしている。彼女の口から「勝手にお外に出ないこと」という言葉を引き出すまで、鐘音要は同じ姿勢でじっとしていた。

希和もまたどうしていいかわからず、黙ってそのやりとりを見守っている。すこし驚きもしている。自分ならきっとこんな時すぐに「外に出ちゃだめだよ」と言ってしまうだろう。子ども自身の口から正解を引き出すことはすばらしいことなのだろうが、とてもこんなふうには待てない。仕事の上でも、家庭でもだ。

「そう。よく覚えてたね。じゃあお部屋に入ろう」

去り際、鐘音要は希和に向かって頭を下げる。数歩進んでから、とつぜん振り返った。

「息子さんでしたっけ。こんど中まで見に来て、いるかどうか自分の目で確かめたらどうですか?」

鐘音要のひとさし指が二階の窓に向けられる。

「気軽にお茶飲みに来てもいいですし」

「なんなんですか、お茶って」

子ども預かってるんですよね、知らない大人をそんなに気軽に、セキュリティー的に、と食い下がる希和に、鐘音要がうすい笑みを向ける。

「知らない大人じゃないです」

「え」

「だって理枝ちゃんの友だちだし、それに」

「まみちゃん」から腕を引っぱられたせいで「それに」のあとの言葉は不安定に揺れた。それでも、希和にはちゃんと聞こえた。ふたりの姿がビルの中に吸いこまれていくのを、希和はぼんやり立ったまま眺めていた。

それに、あなたにもここが必要みたいだから。鐘音要は、たしかにそう言った。傘からころがり落ちる雫《しずく》が肘をとめどなく濡らす。

ほんとうはさっき、あなたが民間学童をはじめたのは、理枝ちゃんのことが関係しているの、と訊くつもりだった。訊けなくてよかった。だってあまりにも不躾すぎる。

鐘音家に不審者が乱入する、という事件があったのは、希和たちが中学入学を控えた春休みのことだった。窓ガラスが割られて、理枝ちゃんは腕に軽いけがを負った。家には理枝ちゃんひとりきりだったそうだ。さいわいなことに近くを通りかかった人が悲鳴を聞きつけて通報したおかげで、理枝ちゃんはそれ以上危害を加えられずに済んだらしいんだけどね、と母から聞いた。

逃げ出した不審者は、その後まもなく逮捕された。

男は下校中などに理枝ちゃんを見かけて、それ以来ずっと毎日のようにあとをつけまわし、接触する機会を狙っていたらしい。

あの子目立つかっこうしてるからねえ。

あの子を家にひとりで置いておいたからいけないのよね、女の子なのに。

あの子、髪が長くて、女の子っぽいから。

まるで理枝ちゃんやその家族に原因があったかのように、人々はそう囁き合った。

中学の入学式の日、理枝ちゃんの髪は男の子みたいに短くなっていて、みんなを驚かせた。卒業までずっとそのままだった。本人の意思によるものなのかどうなのかは、今もってわからない。

いつのまにか雨が止んでいた。雲が割れて、日が射す。あちこちにできた水たまりに反射して、目が痛くなる。

ぎゅっと目をつぶって、自分はどうしてあの時「おかしい」と言えなかったのだろうと希和は思った。あの時。被害者の理枝ちゃんが悪いみたいに言うのはおかしいよ、と。もしかしたらおかしいと感じてすらいなかったのかもしれない。そうかああいう女の子っぽいかっこうをするのはいけないことなのかと、大人が言うことを、嚙《か》んで味わいもせずにまるごと飲みこんだ。

目を開けたら、通りの向こうに晴基の姿を見つけた。ランドセルを背負っているということは、今まで学校にいたのだろうか。

傘を杖《つえ》のようにしてアスファルトを叩きながら、のろのろ歩いている。大きな声で名を呼んでみた。晴基はすぐに気づいて、こちらに向かって手を振る。

以前にも、こんなふうに外で見かけたことがあった。その時はたしか、声をかけようとしてやめた。夫が以前「小学生の頃は外で母親と一緒にいるところとか見られたくなかった」と話していたから、「男の子はみんなそうだ」と断言していたから怯《ひる》んでしまった。男の子という生きもの全般ではなく、ほかならぬ晴基自身がどう思っているかをたしかめもしなかった。

横断歩道を渡って、晴基が近づいてくる。ただいま。おかえり。おかえり。ただいま。言い合って、どちらからともなく笑い出す。

晴基の額に玉の汗が浮かんでいる。今日は夏みたいに暑いね、と言うと、うんざりした顔で頷いて、希和と並んで歩き出した。

「ねえ、うちのかき氷器ってもう出した？」

こっちを見ずに、すこし甘えたような声で問う晴基は、もう希和の肩に届くほど背が伸びている。家にいる時はなぜか気づけなかった。

「まだだけど、そろそろ出してもいいかもね」

そうだかき氷用のシロップを買わなきゃ、と呟く希和に晴基がふしぎそうな視線を向ける。

「うちにあるじゃん」

いちごのシロップ、と晴基は続ける。お母さんがつくったやつ、と。

「売ってるのより、あれのほうがおいしいよ。色はうすいけど」

「……そう？」

晴ちゃんに味の違いがわかるの？　からかうようにランドセルを軽く叩くと、晴基が照れたように肩をすくめて「うるさいな」と呟いた。

「わかるって、それぐらい」

希和は一瞬、またぎゅっと目をつぶる。だって水たまりの反射がまぶしいから、と心の中で誰にともなく言い訳しながら、でもそれもじきにどうでもよく思えてきて、濡れた目《め》尻《じり》を指のはらで擦った。

メロンソーダ

駅前の鐘音ビルの二階に『アフタースクール鐘』という民間学童施設ができたのは四月のことだった。口さがない人びとはその商売について「いつまでもつことやら」と囁《ささや》き、意味ありげな視線をかわし、笑い合った。特定のなにかを笑う行為は人びとの連帯感を強める。『アフタースクール鐘』はうってつけの対象だった。

その『アフタースクール鐘』を有する鐘音ビルの一階の外壁に「従業員募集」の紙がはり出されたのは、六月にはいって最初の月曜日の朝だった。時給応相談、と書かれていた。ビルの一階の鐘音小児科の入り口にはられていたので、多くの人がそれを目にした。従業員だって。人を雇う余裕があるんだね。それらの会話はかならず「あの次男坊がねえ」という言葉でしめくくられた。鐘音家の次男坊は、このあたりでは変わり者で甲斐性《かいしょう》なしだと認識されている。

このあたり、といっても昔のことを知る人は減ってきた。再開発で新しく建てられたマンションの住人のほとんどはよその市や、あるいはほかの都道府県からうつってきた人たちだ。

実家の近くにはまだまだ昔から住んでいる人が多くいるけれども、彼らと話すのはそれほど愉快なことではない。なにかというと希和の昔の話、たとえばよちよち歩きの頃に外でおむつを脱いでしまったこととか、中学時代のある一時期にとても太っていたことなどを蒸し返してくるから。

「生まれ育った土地に今も住んでいる人」と「生まれ育った土地から遠く離れて暮らす人」とでは、なにかが本質的に大きく違うようだと希和には感じられる。後者のほうがより上等な大人であるような気がするのは、自分が前者であり、なおかつそのことにコンプレックスのようなものがあるからかもしれない。

流し台には洗いものが残っていて、そこで手を洗うのは気がひけた。洗面所に向かいかけた時、玄関のドアが開いて晴基が姿をのぞかせた。

「あ、おかえり」

「うん。ただいま」

どさっと音を立てて床にランドセルをおろし、もの言いたげな希和の視線に気づいてずるずる引きずるようにして自分の部屋に運んでいく。持ち手の金具で床に傷がつくと小言を浴びせたい気持ちをぐっとこらえて、洗面所で手を洗った。

今日はパートが休みだったので、朝からずっと台所に立っていた。小豆《あずき》を煮たり、二種類のクッキーの生地をつくったり、牛乳を煮つめて練乳をつくったりした。クッキーの生地は半分冷凍して、半分焼いた。気分がもやもやする時は手を動かすにかぎると希和に教えたのは母だった。父と口論した翌日はかならず鍋底《なべ》を磨いたり、タイルの目地を掃除したりする。一心にスポンジやブラシをつかう母の横顔は鬼気迫るものがあり、希和も妹もその最中はなかなか声をかけられなかった。

今、菓子をつくっている自分もそう見えているのだろうか。この子の目に、自分はどううつっているのだろう。この子にとって自分はどんな親なのだろうと思いながら、冷蔵庫をのぞきこんでいる晴基を見やる。

「クッキーあるよ。食べる?」

「食べる」

晴基のために牛乳を出し、自分のためにコーヒーを淹《い》れる。

「僕もコーヒーがいい」

「飲めるの?」

「たぶん」

砂糖を多めに用意してやったが、晴基はそれをつかわなかった。背伸びしちゃって、とおかしくなるが、もちろん口にはしない。自分が晴基くらいの歳の頃、親にそんなふうにからかわれるのがなによりもいやだった。鏡を見ていただけで「好きな男の子でもできたの」と笑われたり、読んでいる本をのぞきこまれ「そんな本あんたにはまだはやいんじゃない?」と決めつけられたりするのもいやだった。

あんなふうにはなるまい。父や母が育ててくれたことを感謝はしているが、それでも自分が育てられたように子を育てたいかと問われれば、否と答える。

クッキーはココア生地に細切りのアーモンドを混ぜたものと、プレーン生地にクリームチーズを混ぜたものの二種類を焼いていた。アーモンドのクッキーばかり選《よ》りわけて食べている晴基に、『アフタースクール鐘』のはり紙のことを話してみる。

「晴基、あそこ行ったことある?」

ずっと訊《き》きたかったことだ。なるべくさりげなく訊きたいと願うあまり、今日までタイミングを逃し続けた。

「あるよ」

あまりにもあっさりと頷《うなず》くので、拍子抜けしてしまった。セッキーがね、と言いかけて、晴基はコーヒーを飲む。かすかに眉《まゆ》をひそめているのは苦いのをがまんしているからなのか、それともなにかを隠しているせいなのか。

「関《せき》くんが、どうかしたの」

関くんは一年生の頃から晴基と仲が良かった。ずっと学校の児童クラブに通っていたが、四月から『アフタースクール鐘』に行くようになったらしい。関くんに「ハルも行こう」と誘われて、中に入った。畳の部屋があった。一緒に宿題をした。奥の部屋に卓球台があった。そのようにあれこれ報告してくる。勝手にそのような場所に出入りするのがいけないことだとは思っていないようだ。

「ああいう場所は毎月お金を払ってるお家の子しか出入りしちゃだめなのよ」

「セッキーも要さんもいいって言ったよ」

「いいって言われても、だめなの」

要さんなどと親しげに呼ぶところをみると、ほんとうは行ったのは一度や二度ではないのだろう。あの木の札も、やっぱり晴基が書いたのだ。こんなところにいたくない。この子は、今いる場所から出ていきたがっている。たった九歳で、もう生まれた場所を、親元を、離れたがっている。

「お母さん、応募するの？　あそこで働くの？」

求人を懸賞かなにかのように言うのがおかしくて、頬がゆるんだ。

「ええ？」

現在のパート先は三か月ごとの契約になっている。今月末までに申し出なければ、自動的に更新されるだろう。他に勤め先のあてもないので続けているが、今後も積極的に続けたい仕事ではなかった。

窓のない部屋でじっと座っているのも気が滅入《めい》るし、パソコンの画面をじっと見ているると目が疲れる。

悪意のある投稿でなくても、他人の文章を読んでいるとすこしずつ生命力を削られていくような気がする。そんなにしっかり読む必要がないことはわかっている。店員等の実名や住所等の個人情報が書かれていないかとか、「殺す」「死ね」などの単語が含まれていないかとか、そういう確認だけを機械的にやっていけばいい業務だ。

でも希和はつい、それらを読んでしまう。日記のように長文を書き連ねた投稿を読めばこの人暇なのかな、もしかしてさびしいのかなと思うし、誤字がすごいなと呆《あき》れたり、ごくまれにこの人は文章のセンスがあるなと感心したりすることもある。当然のごとくとても疲れるし、作業効率の悪さをチーフに叱られもする。

すこし前の朝、晴基が靴を履きながら「あーあ。行きたくないなあ」と呟《つぶや》いたことがあった。うっかり「わかる」と言ってしまいそうになった。学校も仕事もめんどくさいよね、行きたくないよね、と。でもたぶん、母親としてはぜったいに言ってはいけないことだから「なに言ってんの」と軽くいなした。

「あそこで働けばいいのに。近いし」

晴基は希和の返事を待たずに、テレビの電源を入れる。

「ゲームやっていい？」

「……宿題終わってからね」

一年生の頃からずっと同じ会話をしている気がする。いつになったらわかってくれるのだろうか。

夕方のワイドショーがうつし出された画面を横目に立ち上がる。空になったマグカップを運ぶ希和の耳に「女性」「無責任」というような単語が飛びこんでくる。講演会だか討論会だかで失言をした大臣についてのニュースだった。子どもを産まない女性は無責任であるというような、そんなふうな意味のことを言ったらしい。

辞任の意向はないのかとつめよる記者の声を、マグカップを洗いながら聞く。大臣の発言はたしかに失礼極まりない。でもどうして辞めることが責任をとることになるのだろうか。この手のニュースを見聞きするたびにそう感じる。辞めてどうなるのか。なにかいいほうに変わるのか。

「明日、お母さん夕方出かけるからね」

会議なの、とテレビを見ている晴基の後頭部に向かって言った。うん。まるで気のない返事だった。


学校の七不思議におびえる年齢では、とうにない。理科室の骨格標本が歩きまわるとか、女子トイレに幽霊が出るとか。それでもなお夜の学校は不気味な場所だ。暗い廊下を、視線を落としながら歩いていく。会議は十九時開始で、いちばん乗りになることを避けるためにぎりぎりの時間を狙って行くのに、六名の広報委員の中ではいつも希和が最初に学校に到着してしまう。

最初に来た人間は職員室で会議室の鍵《かぎ》を借り、机を並べることになっている。それも面倒だし、はりきっていると思われそうで恥ずかしい。

ほんとうはみんなずっと先に来ていて、物陰から希和が来るのを見張っているのではないかとすら思えてくる。

希和は晴基が二年生の頃にもPTAの役員をつとめた。できれば避けたかったが、誰でも一度はなにか経験しなければならないのだから低学年のうちに済ませておいたほうがいいと言われ、あえて立候補した。卒業までもうなにもやらなくていいだろうと思っていたのに、今度は広報委員会の枠が埋まらないと言われ、どうしても断り切れずに了承してしまったのだった。

机を並べ終えた直後に、他の四人が現れた。六名の委員のうち希和と江川《えがわ》さんをのぞく四名は同じ地区に住んでいて、仲が良い。彼女たちにはふたりないし三人の子どもがいて、時折希和に向かって「子どももひとりだと楽でしょ」というような言葉を投げてくるが、悪意はないようだ。そう思うことにしている。悪意がないならなんでも許されるわけではないのだが。

最後に沢邉あみ先生がやってきた。委員会の会議にはかならず誰か先生が同席する。委員会の仕事は面倒だが、息子の担任と顔を合わせて話す機会が多いのは悪いことではないだろう。ここでもやっぱり「そう思うことにしている」が顔を出す。

広報委員会はその名のとおり、年に四度発行される学校の広報誌の編集をするための組織である。給食試食会だとか運動会だとかの際には出かけていって、写真を撮ってこなければならない。今日は六月末に実施される日曜参観および親子行事の撮影についての最終的な話し合いと確認をする予定になっている。

「時間になったのではじめますけど……江川さんは欠席？」

委員長たちの視線がいっせいに希和に向けられる。

「そう……だと、思います」

江川さんは広報委員会では唯一の男性だ。江川さんの娘が晴基と同じ学年だからなのか、彼女たちは希和と江川さんをワンセットで扱いたがる。

「しかたないね。じゃあ江川さん抜きではじめようか」

「そうですね」

江川さんについては「いつもなんとなくくたびれている人」という印象がある。四十代男性だからということもあるかもしれないが、離婚してひとりで娘を育てているという要素も大きい。職種はわからないがとにかくいつも忙しいらしく、前回も前々回も会議を休んだ。

わたしたちだって仕事はあるんだけどねと、なぜかまた希和が睨《にら》まれる。はあ、と肩をすくめてやり過ごした。

鈍くあれ。鈍くあれ。心の中で、いつも自分に言い聞かせる。

繊細。学生時代に一度、友人からそう評されたことがあった。ほめ言葉でないことぐらいはもちろんわかる。繊細な人間は仕事には向いていない。母親にも向いていない。繊細でなど、ありたくない。

「じゃあ、一年生の撮影を江川さんに頼むってことでいいかな」

話がどんどん進んでいく。希和は四年生の担当に決まった。江川さんがもし日曜参観にも来られなかった場合、おそらく自分が四年生と一年生をかけもちで撮影することになる。こっそり吐いたため息が重たく沈んで、スリッパを履いた足の甲に落ちた。


「坂口希和さん」

履歴書に目を落とした要の口から発せられる名は、なぜか自分のもののような気がしない。

結婚して十年以上経ちもうとっくになじんだはずの名字はおろか、生まれた時に授かった「希和」ですら、なにやら新しく感じられる。この男の口から出ると。

鐘音ビルの階段をのぼった先に、ガラスばりのドアがある。そこに『アフタースクール鐘』という小さなプレートがとりつけてあった。

入ってすぐ右側にテーブルと二脚の椅子があり、希和と要はそこで向かい合っている。左側にはつくりつけの棚があり、それは「子どもたちがランドセルを置くスペース」なのだと要が教えてくれた。通常は奥の部屋で子どもたちは過ごすのだろうが、今は午前中だから人の気配はなく、しんと静まりかえっている。

以前会った時より、要は瘦《や》せていた。開業当初から手伝いに来てくれた女性が辞めてしまって忙しく、子どもたちを家に送り届けたら疲れ切ってなにも食べずに寝てしまうのだという。

夕飯抜きってほんとに瘦せますね、と細くなった顔で屈託なく目を細める。

「ここ数日は一時的に友人が来てくれてるんですけど、来週からは無理らしくて」

長めの髪が眉や耳にかかってうっとうしそうだ。しかしその点に関しては多忙ではなく無精が原因だろうと勝手に決めつける。だって前に会った時もこんなぼさぼさした頭だった。

「坂口希和さんは、もと保育士さんだったんですね」

要は履歴書に視線を落としたままだ。特技・なし、趣味・読書。数十分悩んでようやくそう書き入れた履歴書が、今さら情けなくなる。なし、とは。三十数年生きて、特技・なし、とは。

「……そうです」

「子どもが好きだから、ですか?」

すこし考えて、いいえ、と答えた。

「最初の志望動機はそうでした。でも今はそこまで自信を持って子どもが好きだとは言えません」

「正直ですね。で、いつから来られます?」

要が身を乗り出す。反射的に「いつからでも」と答えてから、どうやら自分はここに採用されるようだと時間差で理解した。

「あの、だいじょうぶ、ですかね、わたし」

要はゆっくりとまばたきをして「知りません」と答える。ばかなことを訊いてしまった。あなたならだいじょうぶですよと言わせて、それを安心材料にするつもりだったのか。

自動的に継続されると思っていたパートの契約は、向こうから突然打ち切られた。作業実績件数のすくないパートから辞めてもらうことになったのだと、そこまではっきりとは口にしなかったがそういう趣旨の説明をされた。つまらない仕事だと思っていたくせに向こうから「あなたはいりません」と言われたらショックを受けるというのもおかしな話だった。

要するにわたしは自分の価値を見誤っていたのだな、と帰り道で思った。重たい足を引きずるようにして歩いた。必要とされるに値する人間だ、という自分の感覚が思い上がりにすぎなかったということが、ただただ、恥ずかしかった。そしてふたたび『アフタースクール鐘』のはり紙を目にした時、それがまだそこにあったということに驚くほど安堵《あんど》している自分に気がついた。

あなたにもここが必要みたいだから。

あの時要が言ったことを、希和はまだ覚えている。

この場所にあなたが必要だから、ではない。それでも希和は『アフタースクール鐘』に来た。

希和は目を伏せてなにごとかを手帳に書きつけている要をまじまじと見つめる。あれはどういう意味だったのですかと訊きたくもあり、どうせたいした意味ではなかったのだろうと決めつけたい気持ちもある。なにを考えているのかよくわからないこの男は、きっと意味がないくせにあるように聞こえる類《たぐい》の言葉をたくさん知っていて、いつもああやって他人の気をひくのに違いない。

「じゃあ、来週の月曜から」

よろしくおねがいします、と要が頭を下げるので、あわててそれに倣った。テーブルの上に置かれた要の両手の爪が短く清潔に整えられているのが目に入って、そのことになぜかひどく胸を衝《つ》かれた。

親子行事開始の挨拶《あいさつ》をおこなう校長のマイクがきーんといやな音をたてる。ラジオ体操の音楽が流れ出す。子どもたちが体操をはじめると、風が吹いた。砂ぼこりがあがって、視界が白く煙った。目をつむって砂が目に入るのを避けながら、希和は学校の備品のデジタルカメラを手に歩く。

四月に授業参観に行ったと思ったらこんどは六月に日曜参観。来月にもまた授業参観が予定されている。

九月に運動会、十月にまた授業参観があって、一月にもまた発表会の参観が控えている。いったい何度子どもたちの「ふだんの様子」を見せたら気が済むのか。希和はいつもそう思っているが、そんなことをほかの保護者に言ったら「子どもに関心のない親」だと思われてしまいそうでぜったいに言えない。

参観は、一時間目が国語、二時間目が道徳だった。四十人近いの子どもたちとその保護者がつめこまれた教室は蒸し暑く、いつもと同じく雑多な匂いが充満している。二時間目の授業の終わりにプリントが配られた。「四年生クラスの携帯電話やスマートフォンの持ちこみ禁止について」と題されている。

いまやほとんどの子どもが低学年の頃からキッズ携帯を所有している。高学年ではもはやスマートフォンが多数派だと聞く。ねだられたわけではないが晴基もそろそろスマートフォンを欲しがりそうな気配がある。

携帯電話等の学校への持ちこみについては、以前は全面的に禁止されていた。その後地震や台風、あるいは不審者による事件などが相次ぎ、保護者からの要望により、持ちこみが許可される運びとなった。それをふたたび禁止にするという。しかも、四年生のクラスのみが。なにか新たなトラブルがおきたのかもしれないが、先生の口からは詳細が語られなかった。

校庭に植えられた木のそばで、岡野さんたちがかたまってなにやら話していた。水色、白、グレー。濃いピンクもある。彼女たちがさしている日傘は遠くから見ると、花が咲いているようだ。ときどき沢邉先生のほうを手で指しては、頷き合っている。あのきれいな花の下で、彼女たちは今日はどんな話をしているのだろう。

今さっき、彼女たちから声をかけられた。

「四年生の保護者のＬＩＮＥグループをつくるんだけど、招待していい？」

岡野さんは絵本を読み聞かせるような、やわらかいいつもの声音で、話しかけてきた。

「ああ、はい」

そう答えながらほんのすこしの億劫《おっくう》さを感じている自分に気づいた。以前ならもっと喜べたのではないか。ちぎれんばかりに尻尾《しっぽ》を振る犬じみた態度で「ぜひ」とか「もちろん」とか答えたはずだった。この億劫さの理由を希和は「べつのことに気をとられているからだ」と結論づける。わたしはそれぐらい新しい職場のことで、頭がいっぱいなのだと。

明日から『アフタースクール鐘』で働きはじめる。新しい環境に飛びこむ時はいつだってほんのすこし不安なものだ。

十四時から十九時までという時間帯の勤務については、これまでのように夕方まで働いて帰宅後にあわただしく家事をするよりも楽な気がする。出勤前に家事を済ませて食事などの用意をしておけばいいのだから。

親子行事は学年によって種目が異なる。今年は一、二年生が玉入れ、三年から六年生はドッジボールだった。球技が苦手な晴基は朝から憂鬱《ゆううつ》そうにしていたが、今は列の前後の生徒とふざけ合って、それなりに楽しそうな笑顔を見せている。

笛の音とともにドッジボールがはじまった。希和はデジタルカメラを構えて、コートの周辺を移動する。はやくもボールをぶつけられて外野にまわる晴基と目が合って、苦笑いをかわした。おなじく球技が苦手な小学生時代を過ごした自分の運動音痴っぷりが遺伝したのだろうと思うと、申し訳なさもこみ上げてくる。

デジタルカメラの小さな画面を、痩せた身体が横切った。江川さんの娘だった。名前はたしか、ゆきのちゃん。漢字はわからない。黒く長い髪がみょうにぺったりとしていて、表情は暗い。ちょっと浮いている子なのかもしれないなあと、その動きを目で追う。コートの中の子どもたちのちょっとした仕草や目線で、それはいやというほど伝わる。

一年生の玉入れの撮影をしている江川さんをさがしたが、見つけられなかった。かわりに沢邉先生の姿が目に入る。

三年生の担任の男の先生と並んで話していた。彼らが着ているジャージはいずれも紺色で、眺めているうちにペアルックみたいに思えてくる。笑顔で顔を見合わせているふたりの距離は近い。肩が触れ合いそうに。

気をつけて、と思わずにいられない。息子の担任というよりもひとりの若い女性として忠告したかった。気をつけて、沢邉先生。ここにいる人たちは、きっとあなたが思っているよりずっと、あなたを見ている。

希和の視界の端で、日傘の花たちが揺れる。


エプロンの紐《ひも》をきつくしめて、希和は『アフタースクール鐘』の玄関に立つ。二階の奥の部屋は想像していたより広く、こざっぱりしていた。二十畳ばかりの畳の部屋とべつに、六畳の洋室と和室がひと部屋ずつあった。洋室には卓球台が置かれていて、和室は机が並んでいる。

「子どもたちはここで宿題をします」と説明してくれた要は今頃、小学校の正門で子どもたちを待っているはずだった。今日は全学年同じ時間に終わるので一度で済むが、通常は授業終了の時刻に合わせて二、三度迎えに行くのだそうだ。今は晴基の通う新野《にいの》小学校の生徒のみだが、明日からは他の学区の小学校の生徒も来るという。人を雇うのは当然の選択だ。

壁の鏡にうつった自分が思っていた以上に老けていて、ぎょっとして思わず背筋を伸ばした。三十を過ぎた頃からそんなふうに、ふいに目にした自分の姿に驚くことが多くなった。自分が年齢を重ねていることはわかっているし加齢に抗《あらが》う気持ちもないのだが、それでも自分が認識している自分と外見の老けかたのスピードはなかなか一致してくれない。

前髪を直したら、ハンバーグの匂いがふわっと漂った。出がけに焼いてきたからだ。料理をするとどうしても髪に匂いがついてしまう。カレーでもいいな、と思ったのだが、晴基が自分で温めて食べることを考えると鍋に入ったものをコンロで温めるより皿を電子レンジにかけるだけで済むもののほうが難易度が低いだろう、という気がした。そういう考えかたは過保護なのだろうか。

いつも、親としてのちょうどいい按配《あんばい》がつかめない。

何度も何度も髪を直す。直すたびに身の置きどころのなさのようなものが増す。緊張が一定の線を超えて「今すぐ帰りたい」という思いにまで発展してしまう。口の中が乾いて、舌が口蓋《こうがい》にはりつく。

がやがやと話し声がして、最初に一年生の女の子が姿を現した。帽子の側面に一年生にのみ配られるワッペンをつけているからすぐわかる。階段をのぼってくる黄色い帽子がいくつも見えた。

子どもたちは希和を見るなり「あたらしいひとだー」とか「おんなのひとだー」とか口々に言う。ひらがなの発音で。「あ、ハルのお母さん」と言ったのは関くんだった。そうだよこんにちは、と答えると、なぜか「フフン」と不敵な笑みをこぼした。最後に要が入ってくる。

「そんなに身構えないで」

うすい笑みが希和に向けられた。

「ふだんどおりにしてればいいんですよ」

ふだんどおりと言われても、今までの仕事とはずいぶん勝手が違う。返事に窮する希和をよそに、子どもたちは要に追い立てられるようにして手を洗い出した。きーらーきーらーひーかーるー、おーそーらーの、ほーしーよー。歌をうたっているあいだ手をすすぎ続けるというルールなのだそうだ。歌っているのはおもに要ひとりで、強烈に音程がはずれていた。げらげら笑っている子どもたちにつられて、希和も小さく吹き出す。なんとか笑いをおさめる頃には、さっきまで感じていた身の置きどころのなさのようなものがあらかた消滅していた。

だいじょうぶ、なんとかなる。

手を洗って部屋に入ってきた子どもたちの顔と、事前に渡されていた利用者の名簿を照合していく。十人ぶんの名前しかないのに、子どもはぜんぶで十四人いる。部屋の隅でランドセルを抱えてじっとしている女児に気づく。あれは江川さんのところの、と気づいた時、ちょうどおやつを配り終えた要が隣に立った。

「江川ゆきのちゃんの名前、名簿にありませんね」

「ああ、あの子もついてきちゃってて」

「やっぱり、ちゃんとしたお客さんじゃないんですね」

ハーメルンの笛吹き男のようだと言われるあの行列に、いつのまにか利用者ではない子が加わっているということは今日がはじめてではないようだ。

「それはでも、公平ではないですよね」

ちゃっかりおやつをもらっている江川ゆきのちゃんと他の子どもたちを見比べる。お金を払っている家の子とそうでない子のあつかいが同じであってもいいのか。

「まあそうなんですけど、でも、ねえ」

多いほうが楽しいじゃないですか、と笑う要にとてつもない不安を感じる。こんな調子で、ちゃんと給料が払えるのだろうか。

要の顔がこちらに向くのを目の端でとらえたが、希和はそちらを見ない。クッキーを食べ散らかす子どもたちに視線を当てたままで、気づかないふりをした。なにかとても都合の悪いことを言われる予感がある。

「希和さんは、正しいことを言う人なんですね」

やっぱり。頬に血がのぼっていくのが自分でわかった。要の口調に咎《とが》めるような響きはないのに、間違いを指摘されたような恥ずかしさを覚える。

「どうして正しいことを言ってはいけないんですか」

「いけなくはないですよ」

でも正しいことをそのまま飲みこめない人もいますね、と続けた要のひとさし指がすっと持ち上がる。

「正しいことって、ほら」

細く長い指が空中で四角形を描くのを、希和は黙って見ている。

「カドが喉《のど》に刺さりそうでね。飲みこみにくいと思いませんか」

「……わたしはただ、そんなふうで経営とかだいじょうぶなのかなって思っただけです」

「ああ、それならだいじょうぶですよ」

パトロンがいるので、と要は真顔で言い放つ。ぱとろんってなにー、と子どもたちが寄ってきて、要が「辞書を引きなさい」とあしらうのを、希和は軽く口を開けたまま見ていた。

子どもたちが到着する前の掃除やおやつと消耗品の買出しは、家事の延長のようなものだ。

ただ、宿題がね。『アフタースクール鐘』での仕事の二日目を迎え、希和はため息をつく。晴基は成績もよくないし積極的に宿題をはじめるタイプでもないが、一度はじめれば自分で仕上げる子だ。つまり、家ではほとんど勉強を見てあげたことがない。希和がこなす役割は音読を聞いてカードにサインをする程度だ。だから二年生の唯人《ゆいと》くんから「これ、わからない」と漢字ドリルを見せられて驚いてしまった。

「こんな難しい漢字、もうやってるの？」

「顔」や「曜」といった漢字が一覧に並んでいる。二年生で覚える漢字は、一年生の二倍だという。ちっとも知らなかった。

唯人くんが悩んでいるのは「刀」のページで、いつも「◯という字を使って文をつくりましょう」という問題に頭を悩ませているとのことだった。

「……刀か」

希和が呟くと、唯人くんは鉛筆を自分の頬に押し当てながら「刀をつかう」と言って希和を見上げる。

「あ、それでいいんじゃない？」

「だめ」

「どうしてだめなの？」

解答欄は二行分設けられている。それが担任の先生の方針なのか、一行で済むような短い文を書くとバツがついてしまうらしい。だからもっと長い文じゃないとだめなの、と唯人くんが口を尖《とが》らせた。

「そっか。刀、刀ねえ」

ヒントを出すつもりで、日本刀を振るような動作をしてみせる。架空の刀を頭の上で大きく構えたら、今日も部屋の隅にいる江川ゆきのちゃんと目が合った。ランドセルを抱えて、こっちを見ている。他人の顔色を窺《うかが》うようなじっとりとした上目遣いに耐えかねて、さりげなく目を逸《そ》らした。

あの子好きじゃないな、なんて思ってしまうのは、きっといけないことだ。でも、どうしても彼女をかわいいと思えない。

「刀で人をなん人もきりまくってつかまった」

気づくと、唯人くんが解答欄にそう書いていた。それはどうなの、と思う。いやそれは倫理的にどうなの、ということなのだが、どこまで口を挟んでいいのかわからない。判断を仰ごうにも要はいない。他の小学校の生徒を迎えに行っているのだ。

ポケットの中で希和のスマートフォンが振動している。あーあ、とため息がこぼれそうになった。岡野さんたちがつくった「四年生の保護者」のためのＬＩＮＥグループに参加したことを、希和はすでに後悔しはじめていた。あれからしょっちゅうスマートフォンが鳴るようになって、うっとうしくてしかたがない。

授業の進度が近くの小学校に比べてすこし遅いとか、やっぱり一クラスになって先生の目が生徒全員にちゃんと届いているのか心配だとか、誰かがしょっちゅう問題提起をし、それに賛同するような返信やスタンプが並ぶ。

自分もまたここに「わかります」とか「同感です」とか、そんな言葉を連ねる役割を求められているのだろうか。このグループには保護者全員が入っているわけではない。岡野さんたちは全員に声をかけたのか、それとも自分のようなタイプを選んで声をかけたのか、おそらく後者ではないだろうか。

自分のような。

御しやすそうな。

うんざりしながらスマートフォンを開く。このあいだからはじまったスマホ持ちこみ禁止のことなんですけど、と福岡さんが書いていた。

子どもに聞いたら学校内で最近携帯の盗難が続いてるって。だから禁止になったみたいです（青ざめる顔の絵文字）

それに続いて「うちの子もとられました」「うちも」とつぎつぎに表示される。四年生のクラスで盗《と》られた子がふたりいるらしい。うちひとりのキッズ携帯はトイレに捨てられていたのだそうだ。

だからって持ちこみ禁止にするのは違いますよねー、という誰かのメッセージまで読んだのち、スマートフォンをポケットに戻した。

ぱたんと音を立てて漢字ドリルを閉じた唯人くんが、部屋の中央で戦いごっこをしている子どもたちに交じっていく。唯人くん片付けなよー、と声をかけるが、聞こえていないようだ。そもそもここは宿題をする部屋なのだが、大乱闘中の子どもたちには希和の声が耳に入らない。

江川ゆきのちゃんはおびえたようにランドセルを抱えて、じっとしている。

「ゆきのちゃん、宿題は終わってる?」

希和に声をかけられると、びくっと身体をすくませた。

この子の親は利用料金を払っていない。もしかしたらここにいることさえ知らないかもしれない。

でも、だからといって、そしてあまり好きではないタイプの子どもだからといって、露骨に無視するのは雇い主である要の意思におそらく反する。

「まだなら、おいで」

四年生の宿題がどんな内容か見せてくれないか、と頼むと、ゆきのちゃんはおずおずと近づいてきた。手放せば死ぬとでも思いこんでいるかのようにランドセルをかたく抱きしめている。

三度ほど促して、ようやくプリントを出してくれた。意外にも、と言ったら失礼かもしれないが勉強はできるようで、すらすらと解答欄を埋めていく。

「ゆきのちゃんは算数、得意なの？」

ちびた鉛筆を動かしながら、かすかに頷く。鉛筆にはいくつもの歯形がついていた。

「だって勉強はね」

ゆきのちゃんの唇が動く。きれいだ。なんの脈絡もなくそう気づく。顔立ちがどうだとか関係なくすべての子どもは基本的にきれいな生きものだ。唇も肌も眼球も、新品同様につるつるでぴかぴか。

だって勉強はね、のあとの言葉は暴れる子どもたちの叫び声に掻《か》き消されて、聞こえなかった。

「ねえ、もうちょっと静かにしよう」

希和が言うなり、こちらになだれこんでいた。誰かがゆきのちゃんのランドセルを蹴《け》り飛ばす。畳の上を滑るランドセルから、下敷きとともにピンク色のキッズ携帯が飛び出した。

「なんだこれ」

関くんがそれを拾い上げる。濃いピンクで、背面に星のシールがはってある。

わたしの、と答えたゆきのちゃんの声が掠《かす》れる。うそだー、と関くんが言った。

「お前んち、携帯とか買ってもらえんの？」

関くんの声に侮りの響きがある。学級活動費を払っていない子がいる、と去年聞いたことがあるのを思い出した。もしかしてあれはゆきのちゃんのことだったのではないか。

学校内で最近携帯の盗難が続いてるって

今さっき見たＬＩＮＥの文面もよみがえる。状況をわかっていない他の子どもたちが「お姉ちゃんのと一緒だ」とか「自分は携帯を持っていない」とか好き勝手に喋《しゃべ》り出す。関くんがピンクのキッズ携帯を弄《もてあそ》びながらもういちど「誰の？」と訊《たず》ねる。この子はたぶん、ゆきのちゃんが盗んだと思っている。ゆきのちゃんは唇を噛《か》んだまま、なにも言わない。

「ただいまー」

場違いにのんきな声が響きわたり、全員がはっとそちらを見た。要が戻ってきた。校章の入った帽子をかぶった少女を連れている。何人かが駆け寄っていった。

「どうかした？」

ただならぬ気配を察した要が問うのとゆきのちゃんが飛び出していくのはほぼ同時だった。うわ、逃げた、と呟く関くんからキッズ携帯を奪い取り、希和はその後を追う。

ふだん自分の息子には「靴のかかとを踏むな」と口うるさく言っているくせに、あわてて突っかけたせいでスニーカーのかかとを踏んでしまった。足を出すたび足の甲が擦《こす》れて痛かった。立ち止まって靴を履き直しているあいだにゆきのちゃんがとんでもなく遠くに行ってしまう気がして、希和はぶかっこうな走りを続ける。焦りと、夕方になってもなおじっとりとまとわりつくような暑さで、額に汗が滲《にじ》んだ。

通りは夕食前の時間帯で、相応に混んでいた。買いもの袋を提げた女性や高校生の集団と肩がぶつかりそうになる。

通りを抜け、路地に入る。視界の隅でなにかが動いたが、猫だった。「ネコにえさをあげないで！」というはり紙の前で悠然とプラスチック容器に入ったキャットフードを食べている。憧《あこが》れのような、妬《ねた》ましさのような、そんなわけのわからない強い感情が腹の底からわきおこる。息を吐いて角を曲がったところで、ゆきのちゃんを見つけた。肩を落としてはいるが、たしかな目的をもった足取りだった。このまま家に帰るつもりかな、と見当をつけながら、あとをついていく。『アフタースクール鐘』に置いていかれたランドセルのことをちらりと思い出し、それは後でどうにでもなると思い直す。

ゆきのちゃんは車の通れないさらに細い路地に入っていく。見失わないように、でも気づかれないように、距離を保って歩いた。路地を抜けて、大きな通りに出る。ゆきのちゃんは取り壊しが決まっている古いビルと、長らく「貸店舗」のはり紙がはられたままのもとパチンコ屋のあいだにするりと入っていった。のぞきこむと、幅一メートルもない隙間に小型の冷蔵庫やら扇風機やらが打ち捨てられている。ゆきのちゃんはその陰に身を隠しているようだ。

意を決して、足を踏み入れる。ごちゃごちゃとものがあるせいでまっすぐには進めない。転がっていた缶を蹴飛ばしてしまい、ビルの外壁にぶつかって派手な音を立てた。

ゆきのちゃんが冷蔵庫の陰から姿を現した。嫌そうな顔をするか、逃げ出すかのどちらかだと思っていたが、なぜかほっとしたように息を吐く。

「ゆきのちゃん、そっちに行ってもいい？」

「……いいよ」

ゆきのちゃんは逆さにしたビールケースに腰掛けていた。背の高いゴミとゴミのあいだに傘を渡しかけて屋根がつくられている。

「これ、ゆきのちゃんがつくったの？」

「うん」

『アフタースクール鐘』に出入りする前は、いつもここで時間を過ごしていたのだという。

風が吹くたび、獣じみた匂いが漂う。近くの中華料理店のスープの匂いや焼き肉店から流れてくる肉の焼ける匂いがまじり合うと、こんなふうになるのかもしれない。両側の外壁から放たれる熱のせいでかなり蒸し暑い。こっそりと額の汗を拭《ぬぐ》う。

「お家の鍵、持ってないの？」

一度頷いてから、首を振った。「洗濯機の下にある」らしい。洗濯機、と復唱して、希和は江川さんの住まいを想像する。通路に洗濯機を置いているようなアパート。たぶん木造で、古くて狭い。

「夕方は、お父さんがいるから」

警備の仕事をしていて、夜勤の日は十九時頃に出勤するのだという。寝ている父親を起こすと悪い、と肩をすくめた。

「もし起こしたら、お父さんに叱られるの？」

「違うよ」

違う、違う、と切実さすら滲ませて何度も首を振る。

「お父さんはそんなひどい人じゃないよ」

わかったよと片手をあげるとようやく動きが止まった。もっと話を聞きたいが、とにかく暑くて、頭がくらくらしてくる。

「ねえ、なにか飲まない？」

そこの自販機でなにか買ってくるから、と通りを指すと、ゆきのちゃんはためらいがちに頷く。

「好きなジュースとか、ある?」

「メロンソーダ」

「うん、わかった」

ゴミをよけながら隙間を脱出する。土地柄なのかなんなのか、このあたりの自動販売機の価格設定はやたら安い。八十円とか五十円のジュースが並んでいる。そのかわり聞いたこともないようなメーカーの見たこともない商品ばかりだが、メロンソーダはちゃんとあった。

スマートフォンのケースの中に、いつも千円札を入れてある。小さく折り畳んだ千円札を自動販売機に投入しながら、要に電話をかけた。もしもし、という声にかぶせるように、子どもたちが叫ぶ声が聞こえてくる。

まず勝手に飛び出したことを詫《わ》び、「ゆきのちゃん、いました」と伝えると、要はなんでもないことのように「そうですか」と答える。

「お家まで送っていきたいんですけど、いいですか」

「いいもなにも」

電話の向こうの空気が揺れる。笑ったようだ。

「その子、うちの『ちゃんとしたお客さん』じゃないんでしょう？　だからこのあとのことは、彼女とあなたの問題です」

突き放されているようである。背中を押されているようでもある。同じことだ。あとは彼女と自分の問題。

「希和さん、これは人から聞いた話ですけど……」

その要の話を聞いているうちに、千円札が二度押し戻された。

「わかりました」

電話を切って点灯するボタンを押し、すこし迷ってからもう一度メロンソーダのボタンを押した。同じものを飲むという行為に、重要な意味がある気がした。

快適とは言えないビルの隙間で飲むメロンソーダは、ふしぎなくらいおいしかった。

ふだんならこんなものは飲まない。メロンとは名ばかりの毒々しい緑色の着色料入りの甘ったるい炭酸飲料。遠い昔を思い出す。母はかつて、「着色料」というものを蛇蝎《だかつ》のごとく憎んでいた。真っ赤なウインナーだとか駄菓子だとかを娘たちが欲しがると嫌な顔をした。よくこんなの食べたいと思えるね、信じられない、と言われるたびに、希和はなんだか自分がとても愚かな人間になったように感じた。

「おいしいね」

「うん」

ゆきのちゃんはペットボトルを両手で持って、すこしずつ大事そうに飲んでいる。

「あ、これ。返しておくね」

ポケットからキッズ携帯を取り出す。ゆきのちゃんはペットボトルを握ったまま、希和の手元と顔を交互に見ている。

「いいの？」

「なにが？」

「盗んだやつかもしれないよ」

要ならどう答えるのだろう。

「そうなの？」

首を傾げてから、これは自分じゃないと気づく。これはわたしじゃない。希和が想像する「要ならこんなふうに言うんじゃないか」を忠実になぞってみただけだ。

自分の言葉を持っていない。自分の考えなど持たないようにしてやってきた。

「見ていいよ」

ゆきのちゃんが目を伏せる。晴基に持たせているものとは機種が違う。それでもだいたいの操作方法はわかる。電話帳には「お母さん」一件しか登録されていなかった。メールを開いて、最新のものから読んでいく。

ゆきの、おやすみ。

ゆきの、ごはん食べた？

ゆきの、しっかり戸じまりしてね。


「ねえ、ゆきのちゃん。とりあえず、お家に帰ろうか。送っていくから。ランドセルはあとで届けにいくね」

今ならまだ江川さんは家にいるはずだ。なにごとかを察したらしいゆきのちゃんが、かすかに眉をひそめる。


キッズ携帯は市外で暮らしている母親から持たされているものだという。

「お父さんには内緒なの。だから家でも、ずっとランドセルにいれてる」

あなたが「お父さんには話してほしくない」と言うことは内緒にする、と約束をとりつけたうえで、道すがらゆきのちゃんの話を聞いた。

江川さんは三年前、勤めていた食品加工の工場を解雇された。再就職は難航し、家計を維持するために江川さんの妻が就職した。不動産販売の営業の仕事だったのだが、どうも性に合っていたらしい。収入は夫が働いていた時よりもむしろ増えた。家計は安定したが、夫婦仲は次第に悪くなっていった。「男のプライドを傷つけられた」という言葉を、ゆきのちゃんは使った。周囲の大人の誰かがそう口にしたのだろうか。あるいは江川さん自身が？　希和の頬に血がのぼる。男のプライドなんて、そんなもの。

江川さんの妻はやがて、江川さんに離婚を切り出した。上司の男性と再婚するためだという。その男性との関係がはじまってから夫婦仲が悪くなったのか、夫婦仲が悪くなったから他の男性に目が向いたのか、それはわからない。

ゆきのちゃんの説明は不明な点も多くあったが、さっき要から電話で聞かされた内容と組み合わせると、だいたいそんな経緯のようだった。

「お父さん、かわいそうだから」

だから母親ではなく、父親のもとに残ることを選んだのだという。離婚後も、母親はたびたびゆきのちゃんに会いに来た。江川さんは母娘《ははこ》の面会を禁止はしないが、もちろん良い顔もしない。だからこっそり連絡が取れるように、キッズ携帯を買った。家に置いていくわけにはいかないから、いつもランドセルに隠している。

母親が渡す「養育費」を、今も父親は頑として受け取らないのだという。ここでも「男のプライド」が登場した。

「そっか」

希和が息を吐くと「あそこがお家」とゆきのちゃんが前方を指さした。想像した通りの、木造二階建ての細長いアパートだった。

チャイムを押すと、ややあって江川さんが姿を現す。身支度の途中だったのか、首にタオルをかけている。一瞬遅れて希和が同じ広報委員であることを思い出したようだった。

「あれえ」だの「どうも、いや、ええと」だのと呟いている。

「どうも、坂口です。とつぜんすみません。ゆきのちゃんと駅前で偶然会ったので、送ってきました」

希和が説明すると、申し訳なさそうに頭を下げる。

開け放たれたドアの向こうにすばやく目を走らせた。カーテンレールにいくつもかけられたハンガーに、台所に雑然と積まれたレトルト食品。そういう暮らしがいけないわけではないのだが、現状で手一杯、という様子は見てとれる。

男のプライド。思い出したらまた頬に血がのぼる。そのプライドのために、娘はビルとビルの隙間で時間をつぶしている。

「すみませんね」

忙しくてなかなか娘のことまで手が回らなくて、と頭を搔いている。

壁にゆきのちゃんの絵がはられているのが見えた。外廊下に置かれた子ども用自転車にはきちんと雨除《よ》けのカバーがかけられている。ここに来るまでのあいだ、ゆきのちゃんは一度も父親を責める言葉を口にしなかった。悪い父親ではないのだろう。ただ、ひとりでは限界がある。手も、目も、足りていない。プライドなんかどうでもいいからもっとゆきのちゃんを見てあげてください、と言いたい。でも今それを言うのはたぶん、手段としては上等ではない。

正しいことをそのまま飲みこめない人もいる。だったら、どう言えばいいのか。要ならどうするのだろう。こんな時。

「江川さん、あの、わたし」

焦ったせいで、声が上擦った。額の汗を拭《ふ》いて、なんとか笑顔をつくる。

「今、『アフタースクール鐘』っていうところで働いてるんですよ」

「はあ」

江川さんの頭が「首を傾げる」と「頷く」の中間のような動きをする。

「なので、あの、今日は、勧誘に来ました。ゆきのちゃんを。どうですか？」

「はあ」

でも高いんですよね、と江川さんが首を傾げる。月額の料金を言うと、え、と目を見開いた。おそらくは想定外の安さに。

「そんなもんなんですか？　経営成り立つんですか？」

希和と同じことを言っている。パトロンがいるらしいですよ、などとはさすがに言えなかった。

正規の利用料金を払えばゆきのちゃんは堂々と『アフタースクール鐘』に通える。裕福な家庭で育ってきた要にはわからないかもしれないが、ある種の子どもにとってはとても大事なことではないだろうか。堂々としていられる、ということは。

メロンソーダ、ありがとう。ドアを閉めて辞去する直前、ゆきのちゃんが言った。希和は黙って頷いてみせる。


「外に出てたぶんの時給は引いておいてください」

帰り支度を済ませてから声をかけると、要はふふんと笑う。

「もしその江川さんが正式に申しこみしてくれたら、営業活動とも言えますからね、給料は払うべきでしょ」

つぎに会った時にあらためて説明すると約束したけど、江川さんがほんとうに『アフタースクール鐘』に利用申しこみをするかどうかはわからない。思っていたより安かったかもしれないが、だからといって払えるかどうかは別の問題だろう。

家に帰ったら、晴基はとっくに食事を終えてゲームの最中だった。夫は今日もスマートフォンから流れる動画をおともにだらだら食事をしている。

「それ、おもしろいの?」

希和の問いに、夫がゆっくりと顔を上げる。自分に訊かれたのかどうか、たしかめるように。

「ごはん食べながらでも観たくなるぐらい、おもしろい？」

ほんとうは「そんなの観ないでよ」と言いたい。行儀が悪いし、晴基にしめしがつかないし、なにより料理をつくった人に失礼じゃないの、と。でもそのまま言えば、夫は嫌がるだろうと知っている。これまでもずっとそうだったから。

そのあとおそらく、翌朝家を出る時まで、あるいは長くて数日のあいだ、夫はうっすらと不機嫌なままだろう。

うっすらと不機嫌な人がいると、家の中はぎくしゃくとする。空気が淀《よど》む。子どもは敏感にそれを感じ取るし、自分はそれを中和させようと必死になるだろう。そのあげく、不本意ながら夫の機嫌を取るようなこともしてしまうに違いない。

だから、がんばって遠回しに伝えたつもりだった。晴基の前で喧嘩《けんか》はしたくない。でも、まったく伝わっていないようだ。めんどくさそうな「べつに」という返事で、そのことを知る。

「飯食ってる時って暇じゃん、だから」

暇ってどういうことだろう。手持ち無沙汰《ぶさた》だ、と言いたいのだろうか。希和は、晴基が小さい頃、晴基に食べさせる合間に急いでかっこむようにして食事をしていた。味などろくにわからなかった。

すこし大きくなってからも箸《はし》の持ちかたを気にしたり、食事中に席をたったりおもちゃをいじりはじめたりするのを注意しながら食べなければならず、せわしないことこのうえなかった。今はでも、食事を味わうことに集中できる。なんとありがたいことかと思いこそすれ、食事の時間に手持ち無沙汰だなどとは感じたことがない。

夫は画面を操作している。もう話は終わった、とばかりに。なんとか穏便に伝えようと思った気持ちが、どんどんしぼんでいく。

スマートフォンを開いたら、ＬＩＮＥに大量のメッセージが入っていた。件《くだん》の携帯電話盗難の件で盛り上がっている。そんなことする子と同じ教室で勉強させたくないよね、と誰かが発言する。わかる、なんなら他の小学校に追放してもらいたいぐらい（笑）との発言が続く。冗談なのだろう。だって（笑）なのだから。でも。

すぐに賛同のスタンプが並ぶ。今日の一件は、関くん経由でクラス全体に伝わるだろう。希和があれは違うのだと説明し、いっとき理解を得たとしても、間違いなくゆきのちゃんにはレッテルが貼られる。

いかにもそういうことをしそうな子、という。

いつものように黙って画面を閉じようとしたひとさし指が止まる。

自分の言葉を持ちたい。

消えてしまったかもしれない自分の声を取り戻したい。

性急で、力強い衝動だった。自分の言葉を使えるようになりたい。誰かの受け売りで話すのではなく。周囲から求められている言葉をさがすのではなく。誰かならこう言うだろうという想像の輪郭をなぞるのではなく、声を発したい。

もしクラスにそういう子がいたとしたら

文字を打つ指先がひどく震えて、途中で送信してしまった。「既読」のあとの数字が1、2、と表示される。

どうするべきか子どもたちで考えたらいいとわたしは思います。信頼を取り戻すことも、間違ったことをした相手を許すのも難しいけど、それを学ぶ良い機会になるのでは。そう書きたい。でも手が震えて、文字が打てない。

既読3、既読4。誰も、なにも入力しない。数字だけが増えていく。希和はそれを、震える指先を頬に押しあてながら、ただ見つめている。

マーブルチョコレート

新学期がはじまってから終業式までの体感日数が、年々短くなっているように感じられる。当事者である子どもたちはきっとそんなふうには感じないのだろう。希和だって、子どもの頃はそうだった。一日も一週間も一年も、あくびが出るほど長かった。夏休みは永遠のようだった。

朝のうちに雨が降ってすぐに止んだせいで、道路はしっとりと濡《ぬ》れている。水たまりが日光を反射して目の奥が痛くなる。雨上がりの匂いがする道を早足で進むと額や肘《ひじ》の内側に汗が滲《にじ》んだ。肌がちりちりとかゆくなるが、そのことを気にしている余裕はなかった。

『アフタースクール鐘』の夏休みのおやつの時間は十五時三十分と決まっている。準備の時間を考えると、十四時までに買出しを済ませておく必要がある。

夏休みに入って、これまでは十四時から十九時までだった勤務時間が九時から十六時までに変わった。十六時以降は吉江《よしえ》さんという六十代の女性と交替する。以前は鐘音小児科で看護師をしていた人だという。今後は彼女と交替で勤務することになる。

お弁当を持参し、朝から夕方まで過ごすのは一、二年生の子が大半だ。高学年の子は昼過ぎか夕方にやってくることが多い。宿題を終えたら外に遊びに行ってしまうこともある。

建物の中にこもりきりで室内遊びばかりするのでは退屈であろうからと、要は子どもらをときどき外に連れていく。それでもこの暑さでは午前中のごく短いうちしか遊ばせることができない。

とても間が持たないということで、希和が子どもたちのおやつ作りを提案した。どっちにしろおやつは毎日出す。ならば、遊びの時間と合体させればいい。

『アフタースクール鐘』にはちゃんとした台所がない。簡素な流し台と冷蔵庫とトースターがあるきりだ。麦茶などは持ちこんだＩＨクッキングヒーターで沸かしている。おやつをつくるといったって、たいしたことはできない。トースターで餅《もち》でも焼きますか、などと要は提案するが、この暑い時期に餅なんか食べたいですか、と希和が訊《たず》ねると黙った。

「トライフルはどうでしょう」

希和の提案に、要はしばらく首を傾げてきょとんとしていた。トライフルがなんなのか、わからなかったらしい。トライフルはカスタードクリームやスポンジケーキ、くだものなどを器の中に層状に重ねていくだけのお菓子だ。いいかげんにつくってもおいしくできてしまう。というよりも、そもそも材料を器の中に重ねていくだけだから失敗のしようがない。

ホイップクリームとカスタードクリームは希和が家で準備して、持ってきた。二種類のクリームの入った保存容器を受けとった要は「うわ、おいしそう。スプーンですくってそのまま食べられそう」と笑っていた。貴重品を金庫にしまうような恭しい手つきで保存容器を冷蔵庫にしまっていたのを思い出し、希和は笑いそうになる。要は甘いものが好きらしく、子どもらのおやつで買ったクッキーとかチョコレートをちょいちょいつまみ食いしている姿をよく見かける。

『アフタースクール鐘』の利用料金は安い。その理由のひとつとして、要は「光熱費と人件費ぐらいしか主な支出がないから」と説明している。ビルの所有者は要の父である鐘音小児科の大先生だ。その説明から考えるに賃料は発生していないということになる。「おぼっちゃんの道楽」と揶揄《やゆ》される民間学童に勤務する希和は、それでも節約を心がける。希和としては、そこに自分の存在意義を見出《みいだ》したい、という思いがある。前のパート先のように、与えられた仕事を漫然とこなしていたらすぐに「あなたは必要ない」と言われそうな気がして、それがこわいのだった。

手早く買いものを済ませて戻ると、晴基が来ていた。希和がここで働くようになってから、ときどき顔を出す。要は例のごとく「いいですよ、料金は」と言うのだが、そういうわけにもいかないので希和は正規の料金を払っている。なんのために働いているのだろうと思ったりもするが、お金はだいじだ。使う時にも、得る時にも。

晴基は一年生の子たちと一緒にブロック置き場の近くに座っている。遊んであげている、という雰囲気が濃厚に漂っている。ブロックを弄《もてあそ》んでいるだけで、なにか組み立てるわけでもない。「見て！　見て！」と騒がしい一年生に「うん」「すごいね」と頷《うなず》いてみせる息子の姿は、いつもより大人びて見えた。

晴基が小さかった頃「お友だちと遊ぶのがへただ」と評されたことがある。

「コミュニケーションのとりかたは、きょうだいがいれば自然と覚えていくんだけど、やっぱりひとりっこはね」

あれは誰がそう言ったのだったか。公園で会ったよその子のお母さんだったか、保育園の先生だったか。当時は「ひとりっこでなにが悪いの」と家に帰ってから泣くほどショックを受けたはずなのに、もう言った相手が思い出せない。

要は壁際の机でなにか書きものをしていた。そのあいだにもしょっちゅう子どもたちがまとわりつく。髪を引っぱられたり腕をつつかれたりしている。みんな要の気をひきたくてしかたがないのか、彼らの言動はどんどんエスカレートしていき、しまいには要の背中にパンチをくらわせたりしている。要はそんな彼らを追い払うでもなく、かといって仕事の手をとめるわけでもなく、にこにこしていた。

希和はいまだに子どもたちにいっぺんにものを言われると焦って「ちょ、ちょっと待ってよ！」と大きな声を出してしまうのだが、要のそういった姿は一度も見たことがない。あの自分のペースの保ちかたはすごい。

買ってきたスポンジケーキをさいの目に切って大皿にのせた。くだものはおつとめ品のワゴンにあった缶詰のみかんとパイナップルのみだ。水分をきって、深さのある器に盛る。ゴミをまとめていると、二年生の美亜《みあ》ちゃんが傍に寄ってきた。

「きわさん、なにしてるの？」

「今日のおやつの用意だよ」

自分で好きなものをこのカップに重ねていくのよ、とプラスチックのカップを見せる。カップは製菓材料の店で買った。そのほうが割安なのよ、百円ショップなんかで買うよりはね、などとはもちろん美亜ちゃんには話さない。

「美亜ちゃん、こういうのやったことあるよ。お店で」

彼女が言っているのは、市内のショッピングモールの中にあるビュッフェ形式のレストランのことのようだ。

「自分でアイスとかフルーツとかのせるの。チョコのソースとか、いろいろかけて食べるの。おいしいよ」

「そうなの、いいね」

やっぱり子どもは「自分で、好きなように」というのが好きなのだ。美亜ちゃんが言うレストランに、希和は行ったことがない。夫が外食を好まないので、家族でどこかに出かけても、家に帰ってから食事をすることになる。外で食べようが、家で食べようが、夫にはたいした差はないのだろう。家でも座っていれば料理が出てくるし、食べ終えた後にその皿を洗う必要もない。

ゆきのちゃんが今ここにいたら、なんと言っただろう。使い終えた包丁を洗いながらそんなことを考える。トライフル作りを、楽しんでくれただろうか。

ゆきのちゃんが隠し持っていた携帯電話は、結局江川さんにばれてしまった。そこからなにがどうなったのかはわからないが、ゆきのちゃんは母親と暮らすことになった。一学期いっぱいで転校することが決まり、江川さんは当然、広報委員から抜けた。ゆきのちゃんはあれ以来『アフタースクール鐘』には姿を見せなくなったので、希和が会ったのはあの日が最後だった。ビルの隙間でメロンソーダを飲んだあの日。

携帯電話の盗難事件はいまだに解決していない。携帯電話の持ちこみ禁止については岡野さんたちが解除を求めて何度か担任の沢邉先生にかけあっているが、まだ保留になっているという。

夏休みのあいだにも何度か校長室に直談《じか》判にいったらしい。直談判の内容を、岡野さんたちは逐一『4年1組』と名付けられたグループLINEに投稿するので知っている。彼女たちの投稿にその他の保護者は「おつかれさまです」「ありがとうございます」といった返信をする、あるいはそういった意味のスタンプを送る、というのが定番の流れだった。希和はなんの反応もしない。最近は画面を開きもせずに放置している。

このあいだグループＬＩＮＥに投稿しようとした希和の意見は結局中途半端に途切れたまま終わってしまったが、みごとなほどに流された。あれってなにを言おうとしたの、と訊《き》く人などひとりもいなかった。

言葉の選びかたが悪かったのかもしれない。タイミングが悪かったのかもしれない。どう伝えれば、流されずに済んだのだろう。

「お手伝いする」

美亜ちゃんは「お手伝い」が好きだ。希和が掃除をしていてもゴミの分別をしていても、手伝いたいと言って寄ってくる。手伝ってもらうとよけいに時間がかかってしまうのだが、だからといってするなとは言えない。経験を積む機会を与えるのが大人の役割だ。

ただ、希和にはそのお手伝いをしている時の美亜ちゃんの態度が気になる。何度も「美亜ちゃん、役に立ってる？」と希和の顔を見ながら問うのだ。

「役に立ってるよ、ありがとう」と希和が言っても、別段喜ぶわけでもない。ただ静かに「あ、うん」と頷くだけだ。

「じゃあ、ゴミを捨ててくれる？　あっちに『プラ』と書いてるゴミ箱が」

「うん、知ってる」

みなまで聞かずに、美亜ちゃんはゴミをひっつかんでいく。

「美亜ちゃんは、夏休みの宿題進んでる？」

「もう終わった」

学校の宿題のプリントの類《たぐい》はすべて終わり、あとは絵日記を残すのみだという。

「それはすごいねえ」

冷蔵庫からクリームの保存容器を取り出して、美亜ちゃんを振り返る。

「教室の宿題はあるけど」

「ああ、そうだね」

美亜ちゃんは忙しい子どもだ。月曜から金曜まで『アフタースクール鐘』に来ているのだが、その五日のうち三日間は習いごとをしていて、希和や要が送迎をおこなっている。さいわいそれらの施設はすべて駅の周辺にあって、たいした手間ではないのだが、「子どもなのに大変ね」という感慨はある。週に二度の学習塾と、英語教室。『アフタースクール鐘』に来ない土日はピアノとスイミングに通っているというから、休む暇もない。

美亜ちゃんのお母さんは、おそらく希和よりは若い。この『アフタースクール鐘』の利用者の六割は新野小学校の児童だが、美亜ちゃんは野木町《のぎ》に住んでいるから学区が違う。歩いて行ける距離ではあるが、線路を越えただけで学区が変わってしまうのだった。

美亜ちゃんのお母さんについては「いつもぴしっとスーツを着こなした、いかにも仕事のできそうな女性」という印象がある。要にたいしても希和にたいしても「よろしくお願いいたします」「お世話になっております」と、かたくるしいと感じられるほどの挨拶《あいさつ》をする人だ。

「美亜ちゃんは、一年生の頃はあそこに通っていたそうです」

このあいだ話していた時に要が挙げた名前は、有名な民間学童の会社だった。美亜ちゃんがなぜそこを辞めて『アフタースクール鐘』にうつってきたのかはわからない。

その民間学童には、希和も晴基が小学校に入学する直前に一度見学に行ったことがある。見学会の担当者は「放課後にお預かりして漫然と遊ばせるのが目的ではありません。『学校以外の場所でさまざまなスキルを子どもに身につけさせる場』だと思っていただきたい」と言っていた。真新しい設備、厳重なセキュリティー。同じ施設内にスイミング、ダンス、書道に学習塾、ピアノ、プログラミング等の教室がそろっていた。充実した内容にふさわしく、利用料金はめまいを覚えるほど高かった。

本末転倒ってやつでしょ。持ち帰ったパンフレットを一瞥《いちべつ》した夫は、そのように言い放った。

「金稼ぐために外で働くんだよね？　なら、子ども預けるのにこんなに金使えないでしょ。意味ないよ、学校の児童クラブでいいって。希和が月給百万もらってんならともかく、パート代なんてたかが知れてるもんな」

夫の言ったことは概《おおむ》ね間違ってはいないのだが「たかが知れてる」は失礼だった。失礼だよと指摘しなかった。できなかった、のほうが正確だろうか。

「あなただって月給百万じゃないよね」という反論は、三日後に思いついた。

あなたは子どもの世話をするのは母親の仕事だと決めつけているから、わたしの収入だけを基準に考える。あなたはわたしの手間をゼロ円だと思っている。放課後の子どもの世話をして複数の習いごとに連れていくという手間は、外注すればそれだけの金額になるということなのよ。そう言いたかった。三日かけて、ようやく考えがまとまった。

誰かになにか想定外のことを言われた時、とっさに言葉を返すことができない。何日も考えてようやく「ああ言ってやればよかった」という言葉を見つけ出す。見つけた頃には、相手はもう自分が言ったことを忘れている。

三日後に反論しても夫に「それならその時言ってくれたらよかったのに」「なんで今頃言うの？」とうるさがられるだけだとわかっている。

いつからこんなに「意見を交わす」ことがへたになったのだろう。感情を言語化する、ということはたいへんな労力を要する作業で、すくなくともわたしにとっては大仕事、という思いが、希和にはある。これまでその労力を惜しんできたのだし、その結果こうして自分の言葉を持たない人間になってしまった。

なんとかしたい。このままではほんとうに、声をもたない人間になってしまう。

「じゃあつぎ、この袋を開けてお皿に出してくれる？」

もっとお手伝いをすると言う美亜ちゃんに、マーブルチョコレートのファミリーパックの袋を渡した。スーパーマーケットで一度はカラフルなチョコスプレーを手に取ったのだが、割高だったので結局こっちを選んだ。マーブルチョコレートならば、もしあまってもそのまま食べられる。

赤、黄色、茶色。あざやかな色彩が、白い皿の上にばらばらと音を立ててこぼれる。そのうちのいくつかは皿の縁にあたって床に落ちた。

「あらら」

床に落ちたチョコレートを拾いあつめる。ふと顔をあげると、美亜ちゃんと目が合った。ぎゅっと身体をすくめたまま、じっとしている。

なにか失敗した時、この子はいつもこういう顔をする。以前から気がついていた。お茶をこぼしてしまった時や、ゴミ箱を間違えて倒してしまった時。以前から気づいていたが、気づかないふりをしてきた。今も、そうしようとしている。

「ごめんなさい」

ごめんなさい、ごめんなさい、と繰り返す美亜ちゃんの顔がどんどん白くなっていく。他の子どもたちがこちらを気にしているのが気配でわかる。その中に晴基が含まれていることも。

「だいじょうぶだよ」

落としたら拾えばいいんだよ、と微笑みかけたが、美亜ちゃんは身体をこわばらせたまま、希和を見つめている。

床に落ちたマーブルチョコレートを拾う時、懐かしさすら覚えた。晴基もよくお菓子を落とす子だった。ガムやラムネの容器を開けるのがへたくそで、勢い余って床にぶちまけたことなんて一度や二度ではない。家でやられるのはまだよかった。ショッピングモールのトイレでそれをやられた時は、故意ではないとわかっているにもかかわらず、腹が立って頭をはたきそうになった。

周囲の視線の冷たさも応《こた》えた。いらいらしながらもう食べられないラムネを拾いあつめ、しょんぼりしている晴基を睨《にら》みつけたことを覚えている。とてもではないが当時は「落としたら拾えばいいんだよ」と微笑みかけるような余裕はなかった。晴基は敏感な子だったから、さきほどの美亜ちゃんのように怯《おび》えた顔でうつむいていた。その顔を見ていると「こわがらせてしまった」という後悔と、ほんのすこしの優越感のようなものと、優越感を抱いてしまう自分への嫌悪が心の中で同じ比率でまじりあって、いかにもきたならしい色合いになった。

わたしはこの子を支配できる。できてしまう。すこし怒っただけでこんなにもわたしをおそれるこの子。わたしはこの子をどうにでもできる。親の愛は無償かつ無限のものだとされているが、ほんとうは違う。子どもから親に向けられる愛のほうがだんぜん勝っていて、それを使って親は子どもを簡単に支配することができてしまう。

わたしが今この子に向けているのは、ほんとうに愛情だろうか、ほの暗い支配欲求にかられているだけなのではないか、もしくはただの八つ当たりではないか、といつも頭の片隅で自分に問いかけてきた。今でもそうだ。

「希和さん」

要がいつのまにか背後に立っていた。子どもたちがつかったプラスチックのカップを洗う手をとめて、振り返る。

「子どもらを送ってきます」

保護者が迎えに来る子もいれば、自宅まで送り届けなければならない子もいる。ひとりでは帰さない。ここ一、二か月のあいだに、女子児童を狙った事件が市内で頻発している。背後から忍び寄ってきていきなり抱きついたり身体を触ったりするのだそうだ。犯人はいまだに捕まっていない。

部屋の中にはまだ美亜ちゃんと、もうひとりの一年生が残っていた。晴基はすでに自宅に戻っている。帰り際に空腹を訴えた晴基に「まだ夕飯の用意できてないのよ」と希和が言うと、晴基は「あ、じゃあカップめん食べてていい？」と声を弾ませ、どこか意気揚々と帰っていった。自分が手をかけてつくった料理よりもカップめんにテンションを上げる息子の様子を見るのは複雑な気分だったが、そもそも子どもとはそうしたものだというあきらめもある。

「もうすぐ吉江さんが来ると思うので、交替して帰ってください。おつかれさまです」

「わかりました、そうします」

ふいに要がしゃがみこんだ。なにか落ちてる、と水色のまるい物体をつまみあげる。さきほど皿からこぼれたマーブルチョコレートがまだ残っていたようだ。

「あのトライフルっていうの、おいしかったです」

「そうですか、それはよかった」

「カスタードクリーム、お店のやつみたいでしたね。あんなのつくれるなんてすごいですね」

「簡単ですよ、あんなの。すごくないです」

「簡単って。希和さんにとっては、でしょ？　誰でも同じことが同じようにできるわけじゃないんだから、できることは『できるんだよ、すごいでしょ』と胸をはればいいんじゃないですかね」

希和の返事を待たずに、要は子どもたちのほうを向く。

「じゃあ、行こうか」

ありがとうございます、と言えなかった。言いそびれた。要たちが出ていく物音を聞きながら、ようやくそのことに思い至る。

江川さんが抜けて、新野小学校の広報委員会は五人になった。それでも希和が孤立しているという構図は、これからもきっと変わらない、と思っていた。

八月の定例会議の日、いつものように職員室を目指して廊下を歩いていると、委員長である葛西《かさい》さんが職員室から出てきた。会議室の鍵《かぎ》を手にしている。

「おつかれさまです」

「おつかれさまです」

ふたり同時に言い、笑い出してしまう。一対一で話したことはまだない。かすかな緊張を、意味のない笑いでごまかしている。

「よかった、今日は間に合った。坂口さん、いつもいちばんに来て会議室の用意してくれてるでしょ」

廊下を歩きながら葛西さんが希和の顔をのぞきこんだ。

「そう、ですね」

「いつも、もうしわけないなと思ってたんだ」

「え」

「ほら、わたし、いちおう広報委員長でしょ」

くじ引きで負けただけでもいちおう長は長でしょ、と続けた。希和ひとりに負担をかけていることが気がかりだったそうだ。

「いつも早めに会議室の準備しに行こうと思うんだけど、毎回ギリギリになっちゃうの。ごめんね」

「だいじょうぶですよ」

自分ひとりを先に行かせて準備をさせるためにどこかに隠れているのではないか、と邪推していたことが恥ずかしくなる。

「あ、今日、村岡《むらおか》さんは遅刻だって。さっき連絡あった。残業らしくて」

「そうですか」

いつも忙しそうな村岡さんのせかせかした動作を思い出しながら頷く。

「江川さんもいなくなったしね。残った五人でがんばらないとね」

「そうですね」

ゆきのちゃんの転校の経緯について知っているかと問われたが、よく知らないとごまかした。誰かが階段を下りてくる気配がして、顔を上げる。先生かと思ったが、そうではなかった。

「堤さん」

希和が声をかけると、その女性は伏せていた顔を上げた。あ、晴基くんの、とか細い声を上げる。

子ども同士が同じクラスで、かつ同じマンションに住んでいるとあれば、堤家の事情は積極的に知ろうとせずとも耳に入ってくる。夫妻と息子の聖也《せいや》くんと夫の母親の四人暮らしで、つきあたりのいちばん広い４ＬＤＫの間取りの部屋に住んでいることも、だから月々の管理費等が希和たちより高いことも、おととし堤夫妻が離婚し、妻ひとりでマンションを出ていったことも、最近になって復縁し、マンションに戻ってきたことも。

堤さんの後に続いて沢邉あみ先生が現れる。四年生の教室の鍵を持っているのが見えた。教室で、なにか話していたのだろうか。先生が堤さんを呼び出したか、堤さんが先生になにか相談を持ちかけるかしたのかもしれない。

「あ、おつかれさまです。今日会議でしたね」

はじけるような笑顔で、沢邉先生が希和と葛西さんに頭を下げる。

「すこし遅れるかもしれませんので、会議はじめといてもらえますか？」

沢邉先生が職員室のほうを指さすような仕草をする。まだ残っている仕事がある、ということなのだろう。誰もみな、いそがしい。

堤さんはすでに階段を下りて、出口に向かっていた。

「さっきの人、知り合い？」

会議室の前で葛西さんに問われた。

「堤さんですか？　はい、同じマンションで、子どもが同じ学年なんで」

希和たちの住んでいるマンションには、年配の住人が多い。彼らは、なぜそこまで、というほど他の住人のことを知っている。知った内容を周囲に広める。SNSなど目ではない拡散力が、彼らにはある。

てきとうな相槌《あいづち》を打ちながら、希和はいつも「わたしたちのこともあれこれ言われているのだろう」と思っている。人に後ろ指を指されるようなことはしていないつもりだが、誰にどんな目で見られてもちっとも気にならないというところまでは腹をくくれない。

「あの人、何年か前に地区運動会で見たことある。……たいへんそうだよね」

葛西さんは、堤さんが息子の聖也くんがよくわからないことを叫びながら校庭を走り回り、他の競技に乱入しようとするのを必死に追いかけて引きとめている姿を見ていたらしい。「育てにくいお子さんでかわいそう」という言葉を彼女はするりと口から吐き出す。

聖也くんはたしかに落ちつきがない。一年生の頃階段の踊り場からジャンプして腕を骨折したことがある。授業中にじっとしていられないことも多くて、週に一度通級と呼ばれるクラスに通っている。そのため誤解を受ける局面も多いが、本来とてもやさしい子であると希和は認識している。晴基もそう言っている。

堤さん夫妻は聖也くんの育てかたをめぐって、かなり揉《も》めたり、いくつも行き違いがあったり、したらしい。そうしてついに離婚に至ったのではないかという話だったが、これは堤さん本人から希和に打ち明けられたことではない。だから、そのことは葛西さんには言わない。

スマートフォンを取り出した葛西さんが「あ」と呟《つぶや》いて、希和を見る。

「今日、田中《たなか》さんと門倉《かどくら》さんもお休みだって！　どっちも子どもが熱出たみたい」

「ああ、そうなんですか。夏風邪かなにか、流行《はや》ってるんでしょうか」

「そうかもしれないね。ちょっと待ってて、返事おくる」

返信をおくるのに忙しい葛西さんの隣で、希和は手帳を取り出す。遅れてくる村岡さんと沢邉先生が来るまで、葛西さんと希和のふたりきりということになるのか。

返信を終えた葛西さんが希和の手帳をちらりと見て「すごい、整然とした手帳だね」と呟いた。

「そうですか？」

手帳は広げたままにしておいた。見られて困る予定は書かれていない。『アフタースクール鐘』の仕事と献立のメモぐらいだ。仕事と学校関係とその他の予定をそれぞれ違う色のペンで書きわける程度の手帳なのだが、葛西さんは「きれい」「ちゃんとしてる」としきりにほめそやす。

「もしや坂口さん、絵とかも上手なんじゃない？」

「いえ、ぜんぜんですよ」

「またまたー」

希和の謙遜《けんそん》をあっさりと受け流し、かばんから丸めた画用紙を取り出す。

「今日、これ描く人決めようと思ったんだけどさあ、もう今のうちにふたりで描いちゃわない？」

夏休み明けの最初の土曜日に行われる「新小まつり」と呼ばれるイベントのためのポスターだった。PTA主催のおまつりと言えばよいのだろうか。六年生が教室をつかっておばけやしきをつくったり、PTAの役員等が的当てやスーパーボールすくいのコーナーを出す。

希和たち広報委員会はジューススタンドの担当だった。あらかじめ全校児童に配られた引換券と缶ジュースを交換するというだけの簡単な仕事だが、校内に掲示するポスターは、毎年各委員で手書きで作成しなければならない。

絵が上手云々《うんぬん》はこれをやらせるための作戦だったのかと苦笑いしながら、希和は画用紙に鉛筆を走らせる。スマートフォンの画像をたよりに、女子小学生に人気のあるキャラクターが缶ジュースを持っている絵を描いた。

「ほらー、やっぱり上手じゃない」

ポスターは二枚あるようで、葛西さんも画用紙を広げている。色鉛筆まで出してくるので、最初からここで誰かに描かせるつもりだったのかもしれない。

「その絵、真似していい？」

「もちろん。というかわたしのこれも、オリジナルではないので」

絵を描きながらしばらく話をした。なぜ子どもは手をかけてつくった料理よりもカップめんや焼いただけのソーセージなどをよろこんで食べるのかとか、家の近くの書店が百円ショップに変わってしまったことが悲しいとか、そんなことを喋《しゃべ》りながら絵を完成させ、色を塗っていった。思っていたよりもずっと葛西さんにはユーモアがあり、話題が豊富なことに内心驚いている。

たぶん他の委員の田中さんも村岡さんも門倉さんも、一対一で話せばこんなふうに打ち解けた様子を見せてくれるのだろう。数人でかたまっているところに向かっていこうとするから、構えてしまうのだ。

葛西さんが輸入食品の会社に自転車通勤をしているのだが瘦《や》せるかと思ったら脚が太くなってしまって腹が立つと言うので、希和も自分の仕事の話をした。

「あー、うちも前は通ってた、鐘音小児科」

葛西さんも鐘音小児科から駅裏の新しい小児科に乗り換えたという。

「なんか若い男の人がやってるんでしょ、二階の民間学童」

「そうなんです。じつは、中学の同級生の弟なんですよ」

へえ、と葛西さんが目を丸くする。

「そんなことあるんだ」

「まあ、地元なので」

希和は色鉛筆を動かし続ける。茶色いくまと黄色いひよこみたいな鳥のキャラクター。晴基も保育園に通っていた頃、このキャラクターが好きだった。「男子なのにやたらかわいいものばっかり好きなのも心配だよな」となにげない調子で夫が言った時に、さして疑問も持たずに頷いたことをにぶい痛みとともに思い出す。いったいなにがどう「心配」だったというのか、わたしたちは。

先週、要はピンクのTシャツを着ていた。よく似合っていたし、子どもたちもその色についてどうこう言ったりしなかった。

自分が子どもの頃は、男性がピンクを身につけていると、周囲の男子も女子も「女の色だ」とはやしていた。いい匂いのするシャンプーをつかっていた男子は「お姉ちゃんとお風呂《ふろ》入ってる」とからかわれ、男子が好むような遊びを好む女子は「男子に好かれようとしている」と嫌悪された。

時代は変わっていく。変わっている。でも変わらない人はたくさんいる。その人たちに傷つけられることのないように、と先回りしてしまいそうになる、自分と夫のような人間こそが、じつはいちばんたちの悪い存在なのかもしれない。

鐘音ビルの所有者は鐘音小児科の大先生で、要が大先生の息子である、という事実に、葛西さんは意外なほど興味を示した。

「そうなの？　お医者さんの家に生まれたのに継がないんだ？」

「病院は長男さんが継がれたし、お姉さん……わたしの同級生の、彼女もお医者さんなので、そのへんは問題ないのではないかと」

えー、と葛西さんが身を捩《よじ》る。

「親もきょうだいも医者なのにひとりだけ違うんだね。うわ、なんかいろんなアツレキがありそう。かわいそう」

葛西さんの言う「軋轢《あつれき》」は外国語のように聞こえる。たまに要と大先生や若先生、つまり要の兄の研が話しているのを見かけるが、仲が良さそうに見える。そもそも仲が悪ければ、わざわざ鐘音小児科の二階を選んで商売をしないだろう。そしてかりに仲が悪いのだとしても、それは彼らの問題だった。

「どんな感じ？　やっぱ変わり者？」

医者の家に生まれて医療関係に進まなかったから「変わり者」だと、葛西さんは決めつけている。みじんも悪意がなさそうなところが、かえっておそろしい。葛西さんは気さくな人だ、というさきほどまでの希和の思いと今感じたおそろしさは、相反するものではない。たいていの人の中に、あたりまえに共存している性質だ。たぶん、希和の中にも。

要のことは、正直まだよくわからない。近所の人が言うほど無能でもろくでなしでもないということだけは感じているが、具体的に根拠を示せと言われれば難しい。同じ空間で時間を過ごしていてなんとなくそう感じるのだとしか言いようがない。だから「沢邉先生、遅いですね」と話を変えた。

「ああ。熱血と一緒なんじゃない？」

葛西さんが言う「熱血」が三年生クラスの担任のあだ名であると知らされる。本人が熱血教師だからではなく、そういうイメージのある某芸能人に顔が似ているからという理由だった。

「坂口さんほら、江藤《えとう》町のイタリアンレストラン知ってる？　あの先生たちがふたりきりで食事してたって噂」

「噂、なんですね？」

「うん、や、でも、なんか保護者の中で見た人がいるんだよ！　そうとう親しげな雰囲気だったらしくて。熱血は奥さんも子どももいるのにね。まずいよねー」

「はあ」

葛西さんが「不倫はだめだよねー」と続けて、色鉛筆をしまう。

「でも確かなことは、わからないんですよね？」

思ったより強い声が出た。葛西さんが一瞬、驚いたように手をとめたのを目の端でとらえる。

八月の十三日から十五日までのあいだ、『アフタースクール鐘』は休みになる。一階の鐘音小児科はすでに十二日から十六日まで休診のはり紙を出している。

「高校生の頃から盆は毎年祖父の家に行くので」

慎重に窓の戸締りを確認しながら要が言った。今日は吉江さんが急病のため欠勤し、希和が十九時まで残った。子どもたちはすでに全員、家に送り届けた。

「いわゆる本家ってやつですね」

「本家」は、長崎にあるという。鐘音小児科の大先生はその長崎の家の三男だ。祖父は要が小さい頃になくなったので、記憶がない。それでも両親やきょうだいが「祖父の家」と呼ぶので、要もそれに倣うのだと説明される。

「理枝ちゃん……も、行くんですか。長崎には」

「いや、あの人はここ数年顔を出さないですね」

離島で診療所をやっている要の姉の理枝ちゃんは、この街にもほとんど戻ってこないのだという。

「でも希和さんのことを話したら、なつかしがってましたよ」

「電話とかするんですか?」

「スカイプで話します。たまにですけど」

もし今後、希和の妹が遠方に越したとしても、わざわざ電話（あるいはスカイプ）で話すようなことがあるだろうか。仲が悪いわけではないし顔を合わせればそれなりに楽しく会話もするが、わざわざ、となると。

そうするとやはり、鐘音家のきょうだいは世間一般と照らし合わせても仲が良い部類に入る。葛西さんが言うような軋轢はなさそうだ。

「お茶とか飲みませんか」

あとは鍵を閉めるだけ、という段になって要が突然そう言い出した。その理由はわからないが、希和にとっても都合がよかった。要に話したいことがある。駅構内のファストフード店に行くことになった。

「この駅の周辺は、ちょうどいいカフェや喫茶店がないですよね」

「はい、わたしも以前からそう思ってました」

まったくないわけではない。あることはある。ただあえてそこに入りたいかというと遠慮したくなる店ばかりだ。テーブルが異様に小さくて狭苦しいとか、騒がしいとか、異様に煙草臭いとか。

「今、仕事してて、なにか困ってることはないですか」

コーヒーをふたつ買って窓際の席に腰をおろすなり、要が訊ねる。ずっとそれを話したくて、でも話す機会がなかったと肩をすくめる。

「子どもたちがいる時は、希和さんとあまり長く話せないから」

「そうですね」

これまで働いたどんな場所でも、雇用主からそんなことを訊かれたことはなかった。「調子はどう」程度の声をかけられることはあったかもしれないが、わざわざ時間をつくって意見を聞かれたことなど一度もない。それを言うと、要はひとさし指で眉《まゆ》の上を掻《か》いた。

「雇われ店長をしてた頃にオーナーの人から、スタッフの不満や愚痴は時間をつくってでも聞いておけと指導されてまして」

雇われ店長っていったいどんなお店にいたんですかと訊ねると、眉を掻く指の動きがとまった。

「女の子がたくさんいる店です」

「女の子がたくさんいる店……」

たいへんに興味深いが、まださきほどの要の質問に答えていないことを思い出した。

「とくにありません。……あ、宿題を見てあげるのが苦手です」

子どもたちにどこまで口を出していいかわからなくて、と肩をすくめると、要は軽く頷いた。

「頭ではわかってることでも他人に説明しようとすると、どう言っていいのかわからないし」

「今後の課題ですね」

要がノートを広げてメモしている。宿題。指導。↑外注？　バイト？　と連なっていく文字たちを眺める。外注。まさかわざわざ宿題を見るためだけに新たに人を雇うつもりなのか。

隣のテーブルではすりきれたようなシャツを着た老人が、紙コップのコーヒーをちびりちびりと口に運んでいる。奥のテーブルには高校生のグループ。時折、甲高い、楽しそうというよりは悲鳴のようにも聞こえる笑い声が上がる。

「美亜ちゃんのことがすこしだけ気になります」

ずっと、要にそのことを相談したかった。美亜ちゃんのこと、としか、希和は言っていない。うまく言えないからだ。それでもじゅうぶん伝わったようだった。もしかしたら要も同じことを感じていたのかもしれない。

あれから何度も考えたが、やっぱり美亜ちゃんの様子は、ただごとではなかった。床にこぼれるマーブルチョコレートの色と、見る間に白くなっていく美亜ちゃんの顔が何度も映像でよみがえってくる。いまになにか、とりかえしのつかないことがおきそうな気がしてならない。

「希和さんが心配してるのは虐待みたいなことですか？」

「いえ、そこまでは言ってないです」

あわてて両手を振った。何度も美亜ちゃんの態度に不審さを感じながらも気づかないふりをしてきたのは、面倒だったからではない。虐待などという言葉を気安くつかうべきではないと思ったからだ。厳しく叱りすぎてしまうことは親なら誰にでもあるはずだし、それに適応しすぎてしまう子どもだって、たくさんいるはずだ。

「心配はいらないとは思うんですけど……お母さんもちゃんとした人に見えますし」

「ちゃんとした人だって行動を誤ることはあるんです」

めずらしく強い口調で言って、要はすぐに下を向く。希和もまた同じようにうつむく。だからといって美亜ちゃんを「虐待を受けている」と決めつけるのは早計に過ぎる。

「虐待」の二文字に過敏になるのは、自信がないからだ。そんなふうに言われるのは、だめな親の烙印《らくいん》を押されるのと同じだ。希和ならとても耐えられない。

手帳を取り出した要と自分の姿が窓ガラスにうつっている。希和はそれをぼんやりと眺めながら、もしこうしているところを誰かが見たら「あやしい」とか「いい仲」とか、そんなふうに邪推するのだろうか。沢邉先生と熱血の先生がそう思われたように。ただ男女が同席しているだけなのに。

「要さんはどうして民間学童をやろうと思ったんですか？　子どもが好きだからですか？」

要はコーヒーをひとくち飲んで、しばらく考えていた。

「よく聞かれるけど、子どもだから好き、ということではないです。でも生きものはだいたい好きですよ、おもしろいから」

「生きものって」

「人間は生きものですよね」

うちの父、小児科やってるんですけど、と要が言って、椅子の背もたれに背中を預ける。

「はい、知ってます」

「母子手帳に『児童憲章』って、載ってるでしょ」

載っているかもしれないが、希和はちゃんと読んだことがない。正直に打ち明けると、要はすこし笑って眉の上を掻いた。

「ほとんどの人はそうかもしれませんね。でも、うちは父や母がそんなことをよく話してたから」


児童は、人として尊ばれる。

児童は、社会の一員として重んぜられる。

児童は、よい環境のなかで育てられる。


要はすらすらと暗唱してみせた。全文暗記しているという。

「九、すべての児童は、よい遊び場と文化財を用意され、わるい環境からまもられる、と書かれています」

だから大人になったら自分も子どもを守る立場になるんだとごくあたりまえに思ってました、とおだやかな口調で話す要の姿が窓ガラスにうつっている。実物よりも薄く、遠いのになぜかそこに真実があるような気がして、希和はそこから目を逸《そ》らせない。

「でも、父と同じように小児科医になるのは、なんか違う気がしたんです。頭が悪くてそもそも無理だったってのもあるんですけど」

「要さんは頭が悪くなんかないです」

いそいで口を挟んだが、要は小さく肩をすくめただけだった。

「家だけでは、学校だけでは、子どもを『わるい環境』から守ることはたぶんできない。それがわかったから、民間学童。そんなところですかね」

こんなところにいたくない。晴基が書いたかもしれない、あの木の札をまた思い出す。今日、ほんとうはそのことを要に訊きたくて、でも切り出せずに、いつまでもぐずぐずと帰らずにいた。

「わたしは息子を『わるい環境』に置いてるのかもしれません」

「どうしてそんなふうに思うんですか？」

「晴基は出ていきたがってるんです。学校なのか、家なのかはわかりませんけど。庭の木に、子どもたちが願いごとを書いた札がかかっているでしょう？ 前に訊いたこと、おぼえてますか？ こんなところにいたくない。あの札は、晴基が書いたものなんです、きっと」

「出ていきたがってる？」

「はい」

「結構なことですよ」

なにが結構なものか。他人事《ひとごと》だと思って。むっとして顔を上げると、要は愉快そうに笑っていた。

「僕も小学校を卒業するまでに何十回も家出しましたよ。それこそ、こんなところにいたくないって。そのことを父親に叱られたことはありません。自分もそうだったからって」

遠くに行きたがるのは子どもの本能なんじゃないですかね、という要の言葉の意味が、希和にはわからない。

「本能？　そうでしょうか」

「自立心が育ってるんですよ。いつまでも親の傍から離れたくないって依存してるほうが逆に心配ですよ」

要がすっかり空になった希和の紙コップをのぞきこむ。行きましょうか、と声をかけられて立ち上がる。

二手に分かれてからの帰り道、希和は要の言葉を反芻《はんすう》した。遠くに行きたがるのは子どもの本能。

晴基が遠くなった、と思っていた。でももう、手を離す時期に来ているということなのだろう。すこしだけ涙が出た。お母さんお母さん、とまとわりついてきた、小さな手。希和のスカートの裾《すそ》をぎゅっと握っていた手。

涙が頬を伝い落ちる。その涙はさらさらと軽くて、希和はそれを手で拭《ぬぐ》いもせずに歩き続けた。かなしいから泣いているのではないと自分でもわかったけれども、ならばどういった感情から溢《あふ》れ出た涙なのかは、自分でもよくわからなかった。

はじまる時にもはやく感じた夏休みは、終わるのもまたはやかった。始業式の朝、洗面所で日焼け止めを入念に塗りながら、居間の晴基に届くように声をはりあげる。

「晴くん、あと十分後に出るからね」

小学校へは班での集団登校と決まっている。集合場所はマンションから数メートル先の広場で、保護者のつきそい登校の当番がおよそ三か月おきにまわってくる。新学期そうそう、希和の番だった。

洗いものが残っている。ゴミもまだまとめていない。洗濯物を干す時間はなさそうだ。この当番の時の朝の時間配分をいつも間違える。おかげで当番のあいだの一週間、毎朝あたふたすることになる。

六年生の班長さんを先頭に、二列にならんだ子どもたちが歩いていく。その後ろから、希和はついていく。当番の際には黄色い腕章と名札をつけなければならない。それが恥ずかしいという保護者もいるが、希和はこれがあってよかったと思う。なにもなしに小学生のあとをついて歩いていたら、まるで不審者みたいではないか。

昨日、不審者情報のメールが来ていた。また女児が被害にあったらしい。くわしくは書かれていなかったが、どうも駅の駐輪場で身体を触られたようだ。

児童には気をつけて行動するよう周知しましょうとも書いてあった。言いたいことはわかるのだが、なぜいつも被害を受ける側が気をつけなければならないのか、納得がいかない。

横断歩道を渡り終え、角を曲がると小学校の正門が見える。通常は校長先生がひとりでそこに立って児童を迎えているのだが、今日は隣に警官がいた。

すこし離れたところで、数名の保護者がかたまって話している。希和と同じように登校班のつきそい当番の人たちかと思ったが、そうではなかった。堤さんの姿が見える。全員四年生の保護者だ、岡野さんたちもいる、と気づいた時には、ずいぶん近くまで来ていた。

子どもたちが正門に吸いこまれていく。

希和の目には、彼女たちの姿はゼリーのような不透明な膜につつまれたひとかたまりの巨大な物体としてうつっている。

おはようございます、と声をかけたら、全員がこちらを見た。

おはようございます。ばらばらに声がかえってくる。会釈だけの人もいる。共通しているのは、よそよそしさだ。膜の色が濃さを増したような気がして、希和はそれ以上なにも言わずに来た道を引き返した。あのひとってさあ、と聞こえた。あのひと、が自分を指すのかどうか、考えないようにした。背後で忍び笑いがおこる。

希和は振り返らない。「帰ったら洗濯物を干さなきゃ」という、そのことだけを、今はひたすら考えていようとこころみる。

ウエハース

次は二年生による徒競走です、という児童のアナウンスの途中でマイクがきいんと鳴り、希和の隣に立っていた保護者が不快そうに眉《まゆ》をひそめた。スピーカーから流れるひびわれた音楽に合わせて二年生の子どもたちが入場してくる。風でグラウンドの砂が舞い上がると空気が黄色く染まる。

デジタルカメラを構えて、希和はスタートの合図を待つ。小さな画面の中で子どもたちの唇がきゅっと結ばれ、手がかたく握られた。

失敗は許されない、という気持ちに、いつもなる。多くの保護者が意外なほどの熱心さでPTAの広報誌をチェックしている。学校から支給されたカメラでの撮影にいまだに慣れておらず、緊張で手のひらが汗ばむ。「広報委員会」と書かれた腕章がずり落ちてきて、あわてて位置を調節した。

このあとすぐに四年生のダンスという順番になっている。すでに入場門の手前で待機している子どもたちのなかから晴基の姿をさがそうとして、すぐにあきらめる。みんな同じ体操服に赤白帽をかぶっていて、見分けがつかない。

運動会の開始時に「写真・動画の撮影はかまわないが、くれぐれもSNS等にはあげないようにしてください」との注意があった。おととし運動会で撮影されたある女子児童の画像がネット上で拡散されるという事件があり、それ以来学校行事のたびに先生がこの言葉を口にする。女子児童は校内でも有名な「美少女」で、画像は組み体操をしている姿やグラウンドに体育座りをして他の学年の演目を見学している姿など数種類あり、そのいずれにも胸の発育がどうの嫁にしたいのと気持ちの悪いコメントがついていたという。

件《くだん》の女子児童は十代の少女向けのファッション雑誌に載ったことがあり、そのことを理由に「目立ちたがり屋だから自分でネットにあげたんじゃない？」などと言う人もいた。新野小学校の生徒であることや自宅の住所までもがまたたくまに特定され、被害者であるはずの女子児童には、その他の生徒までも危険にさらしたとして厳しい意見が相次いだ。今は中学生になっているだろうが、希和は彼女の消息を知らない。

画像はもちろん削除されたが、完全に消せるわけがない。永遠にネット上に漂い続ける。

また風が吹いて、希和が首からかけている入校許可証が腹のあたりでパタパタと音を立てた。すこし前から続いている不審者の件もいまだ解決しておらず、今年はとくに警戒を強めているとの話だったが、ふたを開けてみれば、校門に受付を設置して名簿に氏名等を記入させ保護者以外には臨時の入校許可証を配布するという、ただそれだけの対策だった。入校許可証は保護者ならば年度はじめに配布されている。たいした効果があるとは思えないが、公立の小学校ではこれが限界なのかもしれない。

観覧席に目をやる。例年より人がすくないのは、運動会はもともと日曜日に予定されていたのだが、雨が降ったために今日に延期されたせいだ。希和の夫も来ていない。「日曜日なら見に行くけど、平日に休みとれるわけないだろ」とのことだった。

しかしこうして見ると、父親の姿も目立つ。さきほど挨拶《あいさつ》を交わした葛西さんの傍らにも夫がいた。雨で延期になることを予想して、あらかじめ今日有休をとっていたのだという。

「あれ？　坂口さんとこの旦那《だんな》さん、来てないの？」

悪意など一ミリもなさそうな（ない、と希和が思いたいだけかもしれないが）葛西さんの質問は、それでも希和をうつむかせた。家庭をないがしろにするタイプの旦那さんでかわいそうね、と思われているようでいたたまれない。

思えば夫は、平日におこなわれる学校行事のために休みをとったことが一度もない。行事どころか、晴基が病気をした日ですら仕事を休んで看病するのはかならず希和のほうと決まっている。

二年生の徒競走の写真を数十枚撮り終えて、希和はカメラをリュックにしまう。ダンスがよく見える位置に移動しようと歩いている途中で名を呼ばれた。希和さん、と。振り返ったら要がいた。大きな黒い日傘をさしている。

「うちに来てる子たちを見に来ました」

「そうだったんですか」

「暑いですね。入ります？」

日傘をひょいと傾けるような仕草をする。ふたりぐらいなら余裕で入れそうな巨大な日傘ではあるが、希和は首を振った。

「いえ、だいじょうぶです」

他の保護者や先生がいる場所で夫ではない男性とひとつの傘に入るなどという行為は、いくらなんでも希和にはできかねる。

「日傘ならさすんですね、要さんって」

よく雨の日にずぶ濡《ぬ》れで歩いているから、傘が嫌いな人間なのだろうと思っていた。嫌いというか、めんどくさがりのほうが正解か。

「濡れるのはがまんできるんですけど、暑いのはがまんできないんですよね」

「どういう理屈なんですか、それ」

以前夫が夏の暑い日に「女は日傘をさせるからいいよなあ」とぼやいたことがあった。男性用の日傘だってあると希和は夫に教えたのだが、夫は「日傘をつかう男は少数派である」ということを理由にかたくなに使用を拒んだ。夫はよく「男」「俺ら」という主語をもちいる。そこには要のような男は含まれていない。

「あ、四年生のダンスがはじまっちゃいますね」

「ほんとだ、もう行きます」

頭を下げ、主賓用テントの近くまで走った。聖也くんのお母さんである堤さんが希和に気づいて手を振る。

「こんにちは」

「あ、どうも、こんにちは」

立ち位置をずらして隣を空けてくれた。四年生はすでに入場を終え、配置についている。晴基は真ん中あたりの列にいた。音楽が流れ出し、いっせいに天を指さすようなポーズをとる。晴基は周囲よりワンテンポ遅れていた。

聖也くんは晴基の隣の列にいた。低学年の頃は、ひとりだけ踊らずに走り回ったり、あるいは座りこんでいたりする姿をよく見かけた。今は真剣な表情でみんなと同じ振りつけをこなしている。その聖也くんの姿を見て、堤さんが胸を押さえて息を吐く。うっすらと涙が滲《にじ》んでいて、つられて泣きそうになってしまう。今までどれほど悩んでいたか、その横顔を見ているだけで伝わってきた。

みんなと同じように踊れない。踊らない。その程度のことが、学校に通っているあいだは大問題になる。

最前列には岡野さんの娘の陽菜《ひな》ちゃんがいる。ダンススクールに通っているだけあって、さすがにその動きには目をひくものがある。

希和たちがいる場所からすこし離れたところで、岡野さんとその夫が娘の姿を見守っている。岡野さんがビデオカメラを構え、夫のほうはスマートフォンで撮影している。ふたりとも背が高いからか、その姿はとても目立った。うまく言えないが、目立つことに慣れている人たち、という感じがする。彼らの娘と同じく。

「さっき、かっこいい人と話してましたね」

堤さんが希和のほうに身を寄せて囁《ささや》く。要と話していたところを見られていたのだとわかっていてもなお「かっこいい人」と要を結びつけることができずに混乱した。やっぱり日傘に入らなくてよかったとも思った。要にしてみれば希和を自分の日傘に入れることなど電車でお年寄りに席を譲るのと同じことなのだろうが、世間の人はそうは思わない。

ダンスが終盤にさしかかった頃、堤さんが「あの……」と呟《つぶや》いた。きょろきょろと周囲を確認してから、希和に身体を寄せる。

「あの、四年生の保護者のグループＬＩＮＥってありますよね」

「ああ」

堤さんの話の目的がわからないまま、注意深く頷《うなず》いた。二学期がはじまる直前から、岡野さんに招待されたグループＬＩＮＥの通知がぴたりと止んだ。おそらく希和をはずしてあらたにグループをつくりなおしたのに違いない。

「どれが坂口さんですか？　わからなくって」

堤さんがスマートフォンの画面を希和に見せてくる。先週堤さんが招待されたというグループ名もアイコンも、希和がはじめて見るものだった。

「人数から考えて、四年生の保護者全員じゃないことはわかったんです。誰がどの子のお母さんで、誰と誰が参加してるのかわからなくて。アカウント名って全員フルネームじゃないでしょ。『あきこ』とか『みっちゃん』みたいな感じで。お子さんの画像をアイコンにしてる人とかだとわかりやすいんですけど……」

堤さんは希和が以前のグループからはずされたなどとは、想像もしていないのだろう。どれですか？　と今一度問う。

「すみません、わたし、そのグループには入ってないです」

「え、そうだったんですね。え、やだ、なんかすみません」

「いえ」

すみませんなんて言わないでほしい。おろおろと気遣うような態度がさらに希和を傷つける。堤さんはそのことに気づかない。

「わたし、頼んでみましょうか。坂口さんも招待してもらえるように」

「やめて」と叫びそうになり、ぎりぎりのところで飲みこんだ。

「いいんです」

ダンスが終わったらしく、周囲の人間が拍手をはじめる。最後の瞬間を見逃してしまった。

岡野さんたちがこちらに向かって歩いてくる。

「堤さん、こんにちは！」

堤さんの名を呼び、堤さんだけに笑顔を向け、さっさと通り過ぎていく。

岡野さんたちと親しくしたいのか、したくないのか、自分でもよくわからない。

「すくなくとも好きというわけではないんです、それははっきりしてて」

ちょっとだけ話を聞いてくれませんか、と思い切って声をかけたら、要は「もちろん」とまじめな顔で頷いた。

床を拭《ふ》く手はとめない。要もまた希和の話に相槌《あいづち》を打ちながら手を動かし続けている。

もうすこししたら子どもたちを迎えに行かなければならない。自然と早口になる。

昨日の運動会のあと、堤さんと連絡先を交換した。

「なにか知っておいたほうがいい情報とかまわってきたら、ちゃんと坂口さんにも伝えます」

そう言ってなにやら重要な任務を得たかのように胸に手を当てる堤さんを思い出すと、希和の気分はいっそう暗くなる。堤さんに悪気がないことがわかるからなおさらだ。

べったりと行動をともにする友人が欲しいわけではない。そんな保護者間のつきあいなど煩わしいだけだ、と感じる人間は、希和だけではないと思う。けれども、孤立はしたくない。なにかあった時に情報交換できる相手がいるのといないのとでは大違いだ。低学年の頃は、晴基が連絡帳を学校に忘れてきたので宿題の範囲がわからないとか明日の持ち物がわからないといったことがしょっちゅうあった。そんなことでいちいち学校に電話をするわけにもいかない。ちょっとしたことを訊《き》ける相手は必要だ。

たとえば晴基が今後なにか学校でのトラブルに巻きこまれるとする。被害者にもなりうるし、加害者にもなりうる。そんな時だって、相談したり情報収集したりできる相手がいるかどうかの差は大きいだろう。

二年生の頃に児童クラブで上級生に蹴《け》られた時だって、晴基はなかなか自分からは詳細を言おうとしなかった。他の保護者に「なんか学童に乱暴な子がいるらしいよ」という話を聞かされ、何度も問い詰めてようやく「じつは……」と打ち明けてくれたのだ。

「もういい年の大人なんで、友だちがいないとか、そんなのたいしたことじゃないってわかってるんです。職場や習いごとの教室に仲が良い人がひとりもいなくても、わたしぜんぜん平気なんです。でも晴基のことを考えると、それでいいのかと思ってしまって」

「はい」

要は真剣な顔で頷いている。誰かにちゃんと話を聞いてもらえる、という状況がありがたい。ひとりで考えていると、ぐるぐると同じところをまわっているような気分になってきて苦しい。

ほんとうは夫とこそ、こういう話をしたい。昨晩、話そうとはしたのだがいつものように「んあ」と生返事をされて、それだけでもう話す気が失《う》せてしまった。

「自分が他の保護者の人たちと仲良くできないことで、教室での晴基の立場みたいなものに影響があるんじゃないかと思うと不安になるんです。やっぱりトラブルをおこさずにうまくつきあっていったほうがいいよねって。なんていうか……子どもを人質にとられてるみたいな感覚があるんですよね。親になってからずっと」

「人質？」

要が段ボールをまとめていた手をとめる。テーブルには今しがたその段ボールから出したばかりのホットプレートが置かれていた。

夏休みのおやつづくりの時間が思いのほか子どもたちに好評だった。毎日は無理でも週に一度はおやつを自分たちでつくる日を設けよう、ということになった。今日はフレンチトーストの予定だ。

「希和さんは誰に人質をとられてるんですか？　その岡野さんって人？　それとも学校？」

「どっちも違う……違うんですけど……」

しいていえば雰囲気とか空気とか、目には見えない大きなものだ。

「だいじょうぶですよ、と僕が言うのは乱暴でしょうか」

「そうですね。乱暴というか、無責任な感じはします」

要が相手だとほかの人と喋《しゃべ》る時より言葉がすっと出てくる。ちゃんと聞いてくれる、という実感があるからだ。

「すみません。でも彼らはもうなんにもわからない赤ちゃんじゃないですよね。子どもには子どもの世界がある。たとえ親から『あの子と仲良くしちゃだめ』と言われても自分が仲良くする相手ぐらい自分で選びますよ。選べます」

「そうでしょうか」

だいじょうぶです、と要はやけに力強く繰り返す。すっかり納得したわけではないが、話したことで頭の中でぐるぐるとまわっていた感情があるべき場所に整頓《せいとん》されたようで、ようやく深く呼吸ができた。

「子どもを悪いもの、悪いことから守るのは大人の役目ですよね」

要の言葉に大きく頷く。そのとおりだ。

「でも子ども自身がなにかを感じて、自分で切り抜ける力を持っていると信じることも同じぐらい大事なんじゃないんですかね」

そのふたつは矛盾しないと、希和にももちろん理解はできる。けれどもそのバランスが難しくて、いつも悩む。

壁の時計を、ふたり同時に見上げた。

「新野小学校には僕が行きます。希和さんは美亜ちゃんを迎えに行ってもらえますか」

「わかりました」

すばやく身支度を済ませる。どれだけ心配ごとを抱えていようと、仕事は仕事だ。

「そういえば理枝ちゃんが、来週こっちに帰ってくるんです」

玄関で靴を履いていた要があとから来た希和を振り返って言う。

「へえ、そうなんですか」

離島の診療所で働いている要の姉の理枝ちゃんが、しばらくこちらに滞在する予定だという。休みなのかと訊いたが、「そうなんじゃないですかね」と要の返答は要領を得ない。

「希和さんに会いたがってるんですけど、連絡先を教えてもかまいませんか」

「え、あ、はい。もちろん」

理枝ちゃんが自分に会いたがっている。ほんとうだろうか。だってわたしなんかと会っても、なんにもメリットがないじゃないの。ついそう思ってしまう。

メリット。嫌な言葉だ。自分はいつから人とつきあうのにメリットだとかデメリットだとか考えるようになったのだろう。

市内の小学校には「キッズサポーター」というボランティア制度がある。住民が子どもの見守りをするというもので、登録しているのはたいてい地域のお年寄りだ。下校の時間帯に学校近くの横断歩道などに立っている。市から支給された蛍光グリーンのベストとキャップを着用する決まりになっているから、遠くから見てもすぐわかる。希和が校門に到着した時、美亜ちゃんはすでにそこに立って待っていた。隣にはキッズサポーターの男性がいる。

「来た！　きわさん！」

あわてて駆け寄った。美亜ちゃんが甲高い声を上げると同時に、キッズサポーターの男性が「遅いよ、あんた」と顔をしかめた。六十代後半ぐらいだろうか。ならば、実家の父と同年代ということになる。「竹山《たけやま》」という名札を確認して、頭を下げた。

「ずっとここで待ってたよ、この子。ねえ、暑いんだからさあ、あんまり待たせないであげてよ。それに、雨の日だったらどうすんの？」

美亜ちゃんが校門から出てくる時間はまちまちだ。時間割にあわせて行っても三十分近くこちらが待たされることもあるし、今日のように美亜ちゃんのほうが先に出てきて待っていることもある。竹山は「あんた、仕事ならちゃんとしないと」とか「それで金取ってるんでしょ？　私らと違ってさあ」と、なおも文句を言いたそうだった。

前にも竹山とは別のキッズサポーターの男性に因縁をつけられたことがあった。その人も竹山も、やたらと「自分は無償のボランティアだ」ということを強調した。

彼らは民間学童という組織を、子どもを利用してあくどい金儲《かねもう》けをしていると思いこんでいるようだった。キッズサポーターをしている人びとの総意でないことはわかっているが、最近ではこの蛍光グリーンのベストを見ただけで身構えるようになってしまった。

相手の誤解を解こうという気力すらなく「はあ」「へえ」「ほう」と返事のように聞こえるただの息を吐いてごまかした。この場をうまく切り抜けるためだとしても「すみません」などとはぜったいに言うまいと思った。愛想笑いを浮かべることも。

「じゃあ行こうか、美亜ちゃん」

まだなにか言おうとしている竹山に背を向け、急いで歩き出す。たぶんわたしが身長二メートルぐらいの屈強な男性だったらあんなこと言わないんだろうな、と想像したら薄い怒りが湧く。

振り返って、数秒じっと見つめた。竹山がかすかに眉間《みけん》に皺《しわ》を寄せる。

あなたはそうやって自分より弱そうな相手に難癖をつけることで日常の憂さをはらすぐらいしか楽しみがないんでしょ、とほんとうは言いたい。言わないけれども、視線にこめたつもりだった。

『アフタースクール鐘』に勤める前から似たような経験は何度もしてきた。希和のような女はどこに行ってもそうだ。どこに行っても彼らのターゲットになる。彼らは主婦を「なにも知らない」と思いこんでいるのかもしれない。すくなくとも自身よりは格段に愚かだと。だから「俺が教えてやらなきゃ」と謎のはりきりかたをする。

歩きながら、美亜ちゃんに「待たせてごめんね」と言うと、どうでもよさげに首を振り、休み時間に校庭で拾ったという葉っぱを見せてきた。なんの葉っぱなのかはわからないが、ところどころ虫食いの穴が開いている。

「これ、きれいなの」

太陽に向けてくるくる動かすとその穴からこぼれる光がきらきらするのだと、うれしそうに何度も目の高さに持ち上げる。

「よかったね。でも歩いてる時はあぶないからそれやめようね」

つないだ手のひらが汗ばんだ。子どもは体温が高い。最後に晴基と手をつないで歩いたのは、もうずいぶん前のことだ。

「どこかに飾ってもいい？」

どこか、とは『アフタースクール鐘』のどこか、らしかった。

「飾るより、押し花にしたほうがいいかもしれないね。お家に持って帰らないの？」

「うん。ママに怒られる」

「そうなんだ」

歩きながら、さりげなく美亜ちゃんを観察する。子どもが葉っぱを拾ってくることを嫌がっただけで、それが過剰な抑圧の証拠であるとは言い切れない。

「きたないから、だめだって」

「美亜ちゃんのママは、きれい好きなんだね」

「……美亜ちゃん、いっぱい怒られる」

「そうなの？」

美亜ちゃんだめな子なの。ぽろりとこぼれたような言葉に、胸がしめつけられる。そんなことないよ、という返答は希和の自分の心からの言葉であるのに、いかにも嘘くさく響いた。


潮風で錆《さ》びた看板。魚をさばいている老人の手。理枝ちゃんのSNSに投稿された画像は、そういったものが多い。おしゃれな画像は一枚もない。たとえば一年前に投稿された生ビールの画像には、ごちゃごちゃといろんなものがうつりこんでいる。乱暴に丸められたおしぼりだとか、メニューの端とか。

希和ならよけいなものはトリミングで排除するし、もっとアングルにも気をつかう。理枝ちゃんの画像にはいずれも生活感が滲み出ている。生活しているのだから生活感があってあたりまえとばかりに、それらの画像たちは平然としている。

理枝ちゃんはあのあとすぐにメールをくれた。要のところで希和が働いていると知り驚いた、帰省したらしばらくはそっちにいる予定なので、忙しいと思うが食事でもしましょう、という内容だった。

しばらくとはどれぐらいか。その希和の問いへの返信は「最低でも一か月、もしかしたらずっとかも」だった。

ならば、診療所は辞めたのだろう。メールでする話ではなさそうだった。希和ちゃんやってる？　と訊かれて、だから希和も自分のを教えた。

島の生活はどうなのかと訊いたら、SNSのIDを教えてくれた。

理枝ちゃんはわたしの投稿を見たのだろうか、と思う。フォローはされていないし、希和もしていない。惰性で「いいね」をつけ合うような関わりを、理枝ちゃんとはしたくなかった。理枝ちゃんもそう思ってくれているのだとしたらうれしい。

四月にいちごシロップのことを書いた。それが今のところ、希和の最新の投稿だ。自分の暮らしを彩り、記録することへの興味が、このところめっきり薄れている。

こっそりと見ていた岡野さんのアカウントには現在鍵《かぎ》がかかっている。彼女のとりまきの福岡さんや八木さんもそうだ。彼女たちは容易に個人として特定可能な画像を頻繁に投稿する人たちだったから鍵をかけて利用するぐらいでちょうどいいと思いつつ、自分が観察していることがばれてしまったのではないかという焦りもあり、最近ではそういったことをぐずぐず考えてしまうこと自体嫌になってきて、放置を決めこんでいる。いっそアカウントごと削除してしまおうかと思ったが、それもなんだかもったいない。

来週の木曜日、午後。仕事でも学校行事でもない予定を手帳に書きこむのはひさしぶりだった。

来週の木曜日、午後。心が跳ねる。道端でなんとなく見上げた木の枝の先に小さな蕾《つぼみ》を発見した時のように。

「どんどん食えよー」

夫の言葉は、正面にいる自分に向けられたものではない。隣の男に言ったのだ。網の上で肉が焦げていく。炎がぼっと上がって、なにがおかしいのか夫たちは短い笑い声を上げた。

昨日の夜、いつも黙ってスマートフォンの動画を見ながら食事をする夫がめずらしく顔を上げて希和に話しかけてきた。

「明日の夜、田川《たがわ》たちが家に来るから」

田川とは夫の会社の後輩で、「たち」とは先月中途採用で入ったばかりの推定二十代の女性と推定三十代の男性のことだった。田川は既婚者で、マンションの購入を考えている。「物件をさがす前にいろんなマンションを見て参考にしたいので坂口さんのところに遊びに行きたいです」と頼まれたという。あとのふたりがなぜついてくるのかの説明はされなかった。

マンションを見せた後、焼肉に連れていくつもりだ、と話している夫はほんとうに面倒くさそうに眉間に皺を寄せていた。ふだん、休日はひたすらごろごろしている人だ。予定外の用事が入ったことがほんとうに億劫《おっくう》なのだろうなと希和は夫に同情し、それにしてももうすこしはやく言ってほしかったとすこし腹を立てもした。

朝早く起きて、部屋のあちこちを掃除してまわった。夕方やってきた田川たちにたいして、夫はじつに愛想良く振る舞った。スリッパを出してやり、ここが浴室だ、ここが子どもの部屋だと、たいして広くもない3ＬＤＫを案内してまわり、希和が掃除の際に不要なものを押しこんだ廊下の収納スペースまで開けてみせた。

お茶とお菓子を用意していたのだが、出そうとしたら夫に「いらないよ」と顔をしかめられた。このあと食事をするから、とのことだった。

夫が面倒だったのは、後輩たちが家に来ることではなかった。希和にそれを説明することのほうだった。自分はなんでもかんでも後から気づくのだなと、食器棚に来客用の紅茶碗《わん》をしまいながら思っていた。ちょっと考えたらわかることなのに、いつもいつも。

ほんの数十分の来訪だったのに、田川たちを見送る頃にはぐったりと疲れていた。ようやく解放されると思ったのに田川が「奥さんたちも一緒に行きましょうよ、焼肉」と言い出したために、今ここにいる。

同じテーブルにつき、同じ網の上で焼いた肉を口に運んでいても、希和と晴基は彼らの会話には入れない。彼らは自分たちの仕事か、会社の誰それがどうだこうだ、ということしか話さないから。つぎつぎと希和と晴基の知らない固有名詞が飛び出し、笑い声がおこる。

やっぱり断ればよかった。うちで晴基とふたり、いつもの夕飯をとるほうがずっといい。晴基がメニューを指さして、アイスを食べたいと言う。希和が反応する前に、夫が「お前はもっと肉食えよ」と口をはさんだ。

「好き嫌いが多いからそんなにガリガリなんだよ」

幼少期の晴基は偏食がひどく、パンとごはんと海苔《のり》ぐらいしか食べられるものがなかった。好き嫌いが多いというより、未知の食べものにたいする警戒心が異様に強くて知らない食べ物にはぜったいに手をつけない。無理に食べさせれば食事の時間がさらに苦痛になるだけだと思い、強制はしなかった。

それでも小学生になるすこし前からいろいろな食べものに興味を示し、今では量こそ多くは食べないものの、以前よりずっと食べられるものの種類が増えた。もちろん好き嫌いがまったくないわけではないが人前で貶《けな》されるほどではない。

夫は知らない。一緒に食事をしていても、晴基のほうを見ていないから。今日だってそうだ。晴基はすでに肉とともにごはん一膳《ぜん》とサラダとスープを胃におさめている。じゅうぶんな量だ。後輩たちと話をするのに夢中で気づいていなかったのかもしれないが。

「いいよ、アイス食べなさい」

手を挙げて、店員さんを呼ぶ。

「甘やかして」

そんなふうにぼやく夫の顔を、まっすぐに見据えた。夫がたじろいだように顎《あご》を引く。

「晴基くん、ひとりっこですもんね」

とりなすように口をはさんだ田川の顔も、同じように無言で見つめる。ひとりっこだからなんだ。いったいなんだと言いたいのか。

脚つきのガラスの器に盛られたアイスクリームが運ばれてくる。添えられたウエハースを、希和はなんとなく眺めた。子どもの頃はこれをただのおまけだと思っていた。おまけをつけるぐらいならアイスクリームを増やしてくれたらいいのに、と。このウエハースが「冷えすぎた舌の感覚を取り戻す」という重要な任務を担っていると知ったのはずいぶん大人になってからのことだ。

田川「たち」のひとりが、おずおずと話題を変える。子どもの頃なんとかっていうアイスが好きで、今もあれあるんですかね、云々《うんぬん》。ありますよ。わたしはなんとかが好きだったな。俺はなんとかかな。笑い声がおこる。話はそこからよく食べたお菓子の話になり、有名な製菓会社の話に変わり、その会社の役員が逮捕された話へと続き、それからすこし前におきた傷害事件の話になって、先週報道されたというどこかの国のテロについての話を夫がする。

「なあ、あったよな」

なぜか夫は、希和に向かって同意を求めてきた。

「知らない」

夫の、肉の油で汚れた下唇が歪《ゆが》んで、そこからハアという息が漏れた。

「お前、ニュースぐらい見ろよ」

「テレビ見てる時間なんかないもん」

「ほんの何分かで済むだろ。もっと関心持ったほうがいい。今世界でなにがおこってるか、ちゃんとアンテナはっとかないと」

隣で晴基が、スプーンを口に運ぶ手を一瞬とめたのがわかった。やはり敏感な子だ。希和の感情をすぐに読み取ってしまう。

夫婦の諍《いさか》いを子どもに見せるのは虐待にひとしいと希和に教えたのは誰だったか。ああそうだ、母だ。子どもの脳に重大な影響を及ぼすのどうのと、妊娠中に言い含められた。いつもにこにこ機嫌よくね、と。

母のせいではない。そのほうが楽だと、楽なほうを選ぼうと、そうやって生きてきたのは自分自身なのだから。

「そういう言いかたは、やめてほしいな」

長々と考えて、最初に出てきた言葉がそれだった。肉をひっくりかえしていた夫が驚いたように希和を見る。

「は?」

きょとんとしている夫の顔は、無邪気と表現しても良いほどだった。

「すごく嫌な感じがするから」と続けながら、どうしてわたしが嫌なのか、たぶんこの人はぜんぜん今わかっていないんだろうなと思った。

夫がテレビのニュースを見ている朝の時間、希和は朝食の用意をして、夫のお弁当をつくって、洗濯物を干している。ほんの何分か、と言うが、ただテレビだけを見ていられる時間や座って新聞を読む時間が、希和にはない。家の中ではつねになにかおこる。すこしゆっくりしようと座ったら、夫が落としたお菓子の袋の切れ端が目に入る。捨てようとゴミ箱を見たら、すでにゴミがいっぱいになっている。ゴミをまとめていると、晴基から声がかかる。国語のノートを使い終わったとか、消しゴムがないとか。「ほんの何分か」でさえ、なにかに集中することは難しい。

日常の些事《さじ》だけで手も頭もいっぱいになってしまうのは、たぶん要領が悪いからだろう。精神的に余裕がないせいもある。でも夫に余裕があるのは、その些事を希和にまかせきりにしているからではないのか？

「世界に関心持てっていうけど、あなたの『世界』はテレビの中にあるの？　目の前のわたしたちとの生活だってあなたの世界じゃないの？」

後半はほとんど悲鳴のようになった。夫は一瞬困った顔で田川たちを窺《うかが》い、わかった、わかったって、ごめんって、と宥《なだ》めるような声を出した。

なにが「わかった」で「ごめん」だったのだろう。彼らを駅まで送っていくという夫と別れて歩きながら、希和はバッグの持ち手をつよく握りしめる。

夫が家事をいっさいしないことについては、もちろんずっと不満だった。けれども夫が器用なタイプではないことも知っていた。

仕事に行って帰ってくるだけで体力と気力の九割がたを消費してしまうらしい夫の様子を見ていると、家のことをもっとやれと要求するのも酷だろうと自分に言い聞かせてきた。人によってできることの種類も度合いも違う。「よその旦那さんはやってる」と責めるような、他人と比べて夫を否定するような真似はすまいとも。だってもし自分がよその奥さんと比べられたら嫌だから。

「あ、要さんがいる」

ずっと黙って隣を歩いていた晴基が声を上げた。

通りの反対側の歩道に要がいた。ひとりではなかった。年配の、といっても五十代ぐらいだろうか、暗くてよくわからない。野暮ったい、けれどもすこぶる高価そうなスーツを着た、太った女だった。要の腕に両腕を絡ませるようにして歩いている。女がなにか言って、要の片手が空中で上下した。興奮した犬を宥めるような仕草だ、と思いながら、希和は彼らを見ている。

パトロンがいるので、と要はいつか言っていた。あれは冗談だと思っていたのに。

路上駐車の白い車。その車の前で、要と女が立ち止まる。女が運転席で、要は後部座席。車が走り去っても、希和はそこに立ち尽くしていた。晴基が「行こうよ」と促すが、どうしても足が動かない。

理枝ちゃんとの待ち合わせは、駅からすこし歩いたところにある路地に新しくできたカフェだった。その店を教えてくれたのは要だ。

「希和さんが好きそうなお店ですよ」

要がなにを根拠にそんなことを言うのかわからなかった。まともに顔を見ることができなくて、そう言った時の要がどんな表情をしているのかもたしかめられなかった。

このあいだ要さんを見かけましたよ、と切り出せば、おそらく屈託なく話してくれるのだろうが、それを自分が同じ屈託のなさで聞ける自信はない。

スマートフォンの地図を見ながら、歩いていく。駅の近くの一階がスーパーマーケットになっている大きなマンションを行き過ぎて、整骨院や歯科、調剤薬局が並ぶ細い通りに入った。シャッターが閉まったままの店もいくつかあるが、クリーニング店や和菓子店に出入りする人の姿もちらほら見える。学区内ではあるが、このあたりは迷路のように入りくんでいてわかりにくい。

カフェはすぐに見つかった。このあたりのごちゃごちゃと灰色がかった建物とは対照的な真っ白い外壁の家の両脇に木が植えられている。ベーカリーを併設しているらしく、ガラス張りの店内にパンが並んだ棚が見えた。

約束の十分前に着くように計算して家を出たのだが、理枝ちゃんはすでに店内にいた。もうずっと会っていなかったけれども、すぐにわかった。髪は伸ばしていて、後ろでひとつに結んでいる。島の暮らしが長いせいか、記憶にある姿より陽に焼けている。長袖《ながそで》のカーディガンの袖をまくって、テーブルに肘《ひじ》をついていた。

「お待たせ。ひさしぶり」

「待ってないよ、さっき来たとこ。ひさしぶり」

すでにメールでやりとりをしていたからか、よく要から話を聞いていたせいか、あまり「ひさしぶり」という感じはしなかったけれども、何年も会っていない同級生同士の挨拶としてはそう口にするのが妥当だろう。

「とりあえず、注文しようか」

「うん」

高い天井でシーリングファンがまわっていて、テーブルとテーブルの間隔が広い。メニューにはキッシュとサラダのセットやケークサレとサラダのセットが並んでいて、いずれも有機野菜を使用している旨の記述があった。

要が「希和さんが好きそうなお店」と言ったことを思い出した。自分は要からこういうのが好きそうな人だと思われているのだな、と考えた。もちろん嫌いではないが。

「希和ちゃん、ケークサレってなに?」

「甘くないケーキみたいな感じ。惣菜《そうざい》パン的な。塩味で、ハムとか野菜とか入ってる」

「へえ」

ケークサレ何年か前に流行《はや》ったな、となつかしくなりながら、メニューの写真を眺める。希和も何度かつくったことがある。余った温野菜なんかをてきとうに入れてつくるものであってわざわざ外で食べるようなものではないという印象だったが、理枝ちゃんは「へえ、おいしそう」と目を輝かせ、クリームチーズとドライトマトのケークサレを選んだ。希和がスモークサーモンとチーズのオープンサンドを注文し、店員が去ると同時に、テーブルに置かれた理枝ちゃんのスマートフォンが振動した。

「あ、かっちからだ」

要がランドセルを背負っていた頃と同じ呼び名を、理枝ちゃんが口にする。

「夜は手巻き寿司にするからひかえめに食べとけだって」

理枝ちゃんが久しぶりに帰ってきたとあって、理枝ちゃんのお母さんはすこぶるはりきっているらしい。毎晩宴会みたいなごはんつくるんだよ、と目を細める。

「三十過ぎた娘をさあ、いまだに食べ盛りみたいにあつかうの」

「今までは忙しくてぜんぜん帰ってこられなかったんでしょ。うれしいんだよ、お母さん」

「そう、忙しくてね、島から出られなかった。なんせお年寄りが多いし、他に病院もないしさ。でも」

理枝ちゃんの言葉がふっと途切れる。近づいてくる店員が視界に入ったらしい。彼女がグラスを置いて去るのをたしかめてから、ふたたび口を開く。

「新しい先生が来るから、もういいの、わたしは。もうあの島に必要ない」

ある人たちからは歓迎され、ある人たちからは疎まれた数年間だった。理枝ちゃんはそんなふうに言った。両極端の反応は、どちらも「よそから来た女性だから」という理由に基づくものだったと。

「わたしの後に診療所に入る先生は、もともとあの島の出身なんだって」

男性で、五十代で、と無表情のまま指を折る。

「あの島でわたしはずっと『よそから来た女』だった。意地悪されるとか、そんなことはぜんぜんなかったし、ほとんどの人はやさしかったけど」

「けど、疲れちゃった？」

「うん。ま、どこに住んでも、疲れはするけどね」

たとえばこれから東京なんかに出ていくとしても、ここで鐘音小児科を手伝うとしても、それぞれの疲れかたをするんだよねと理枝ちゃんは肩をすくめる。

生まれ育ったエリアから遠く離れることなく今日まで来た希和の目には、やはり理枝ちゃんは遠い人だった。「これから東京なんか」という選択肢がまだ残っている理枝ちゃん。歩んできた道が違うから、これから進む道も違う。

「鐘音小児科を手伝う可能性もあるんだね」

「兄はそうしてほしいって」

鐘音ビルを改装して病児保育施設を新たにつくろうという話が進んでいるのだという。

皿が運ばれてくる。ケークサレを指でつまんでしげしげと眺めている理枝ちゃんは「かっちはどう?」とあいまいな問いを発する。

「なんか、すごいね。壮大だね」

「どう、って?」

「あの子、ちゃんとやってるのかなあと思って」

理枝ちゃんにとっては、要はまだ小さいかわいい弟のイメージのままなのかもしれない。『アフタースクール鐘』では小さな諍いがしょっちゅうおこる。子どもがたくさんいれば当然だ。

以前関くんがゆきのちゃんを携帯電話泥棒扱いしたこともあった。あれはでも、正式な利用者ではないゆきのちゃんを出入りさせていたことがトラブルの発端と言えなくもない。

「パトロンがいる、とか子どもの前で平気で言うようなところはあるよね」

「パトロン?」

ははは、と理枝ちゃんが笑い声を上げる。

「きみこおばさんのことでしょ、それ」

きみこおばさんなる人物は大先生の妹さんだそうだ。昔から要のことを「この子は大器晩成タイプだよ」とかわいがり、『アフタースクール鐘』を開業する際にも経済的な援助をしたという。理枝ちゃんにたしかめた「きみこおばさん」の外見は、希和が先日道端で見かけた女の特徴と一致していた。

「なんだ……親戚《しんせき》のおばさんだったんだ……」

じつは腕を組んで歩いていたのを見たのだ、と希和が言うと、理枝ちゃんは「あー」と頷いた。

「スキンシップ過多なおばさんなんだよね。会うなり抱きついてきたりする」

ひとさし指で眉の上を掻《か》く、その仕草が要によく似ている。

「希和ちゃん、なんだと思ってたの？　おばさんとかっちのこと」

愛人みたいな、と答えて、ナイフで切りわけたオープンサンドを口に入れた。ライ麦パンが思った以上にかたく、咀嚼《そしゃく》するのに時間がかかる。理枝ちゃんが皿に視線を落としたまま「ああ、そういうこと」と低く呟いた。

「失礼だよね、ごめん」

「わたしに謝ることじゃないけど」

そうだ、謝る相手が違う。勝手に勘違いして、要によそよそしい態度を取ってしまった。反省していた希和は、理枝ちゃんが「そもそもなんで謝らないといけないの？」と続けたことにたいする反応がすこし遅れた。

「え、なに？」

「なんで希和ちゃんがかっちに謝らなきゃいけないの？」

「要さんがパトロンなんて言うから。なんか、こう、へんなこととしてもらったお金で民間学童やってるのかと思ったんだよ。そういうのってなんか嫌でしょ。子どもに悪影響を与えるかなって」

「悪影響？　悪影響ってどういう意味？　子どもに関わる人は異性からお金をもらっちゃいけないの？　クリーンじゃないからダメってこと？」

あらためて問われて、考えこんだ。だってそんな人が保護者から信頼してもらえるはずがないでしょうという自分の感覚は、そんなに咎《とが》められるべきものだろうか。ただでさえ「子どもを金儲けの道具に」なんて言われているのだ。答えられないでいる希和を、理枝ちゃんはじっと見つめている。

「黙っちゃったね、希和ちゃん」

「ごめん」

「謝らなくていいよ。わたしはただ希和ちゃんの考えてることが知りたいだけ。知らない

知らないことを知りたいだけだと言う理枝ちゃんは、その場の空気を悪くしないように議論をあいまいに流すとか、そういうことをせずに生きてきたのだろう。ならば希和も、あいまいに流さず、自分と向き合ったうえで答えなければならなかった。

「悪影響」とはなんなのか。自分はどういうつもりで、その言葉をつかったのか。

希和がおそれるのは、子どもたちが傷つけられることだ。脅かされることだ。汚されることだ。

もし要がほんとうに異性の相手をすることで金銭を得ていたとしても、それが子どもを傷つけるとはたしかに言い切れない。その逆もそうだ。理枝ちゃんはクリーンという言葉をつかったが、クリーンな人が子どもを傷つけないという保証などない。

すべての大人は子どもに悪影響を及ぼす可能性がある。

ということは、深く考えずに「悪影響」と口にしたことになる。それらのことをまとまりなく思いつくままに話すと、理枝ちゃんがふっと笑った。

「希和ちゃんは、誠実な人だね」

「違うよ」

「たいていの人はめんどくさそうに『当然でしょ』、『常識で考えてそうでしょ』で終わらせるんだよ、こんな話は」

ふふ、と唇をゆるませて、理枝ちゃんがアイスティーのストローに口をつける。希和も自分が頼んだホットのカフェラテをひとくち飲んだ。表面にはったミルクの膜が唇にはりつく。「悪影響」について考えるために、ずいぶん時間をつかってしまった。

「すでにこうだと決まっていることを、自分の頭で考えなおす人はすくない。『常識』に委《ゆだ》ねるほうが楽だから……とか言うと、またあめんどくさい女だな、なんて嫌がられるんだけど」

「嫌がられるの？　誰に？」

理枝ちゃんは希和の問いには答えずにストローを噛《か》みはじめた。「めんどくさい女」と言った相手は、おそらく男性だろう。恋人なのかな、とスモークサーモンを舌の上にのせて思う。島の人だろうか。

「理枝ちゃんがめんどくさい女なら、わたしもそうなりたい」

「なれないよ」

だって希和ちゃんって、希和ちゃんなんだもん。理枝ちゃんはそう言って、グラスに残っていたアイスティーをストローで一気に吸った。膝《ひざ》の上で握りしめた手がいつのまにか汗ばんでいることに、希和はすこし遅れて気がついた。

良かったらまた会おうよ、と別れ際、理枝ちゃんは言い、数日後に診療所の引き継ぎや転居の準備のために島に戻っていった。当座は鐘音小児科を手伝うことに決めたようだった。

「両親は喜んでますよ」

子どもたちにおやつを配り終えた、そのタイミングで話をした。今日はおやつづくりの日ではないから、市販のクッキーをみんなで食べる。食べながらうろうろ歩く子がいて、要はその子どもを座らせる。「行儀が悪いから」ではなく「食べながら動くと気管に入る可能性が高まって危険である」旨を、丁寧に説明している。なにかを禁止する際、要はかならず理由を教えるのだ。

「そうですか」

「あの人たち、昔から姉にたいしてはとくべつ心配性ですから」

それは昔おこったあの事件に関係しているからではないか、と思ったが、口には出さなかった。要もそれ以上のことは言わない。

希和のスマートフォンが鳴る。保護者の緊急メールだった。

件名に「不審者」という文字が入っているのを見て、また誰か児童が被害にあったのかと気分が暗くなる。

「あ」

いつもとすこし違う情報だった。駅前のスーパーマーケットの裏口にある公衆トイレに連れこまれて身体を触られた女子児童が保護されたと書いてある。悲鳴を聞きつけた人が通報して現行犯逮捕されたという。

「これまでと同じ犯人でしょうか」

要にスマートフォンを渡して、読んでもらう。

「どうでしょうね」

要は眉根を寄せて画面を見ている。ＬＩＮＥの通知音が短く鳴り、スマートフォンが返された。

堤さんからのメッセージだった。

「犯人、岡野さんの旦那さんみたいですよ」

なぜ、と思う。なにを根拠にそんなことを言うのか。逮捕の瞬間に居合わせでもしたのか。びっくりですよね、のあとに感嘆符がみっつもついている。

「希和さん、どうかしましたか?」

心配そうに顔をのぞきこんでくる要をぼんやり見返しながら、自分は今どんな顔をしているのだろうと思った。衝撃と、当惑と、不快さとがまじりあう感情に、いくぶんかの好奇心のようなものが含まれているのを自覚して、希和はそんな自分自身に今とても腹が立っている。

トマトとりんご

岡野さんの夫が逮捕されたという噂はまたたくまに保護者のあいだをかけめぐり、『アフタースクール鐘』の送迎で新野小学校の保護者と顔を合わせるたび、スーパーマーケットで偶然会うたび、希和はそのことを訊《き》かれるはめになった。

「四年生の保護者だったんですよね？」

「岡野さんって人知ってますよ。前年度ＰＴＡ役員してた人ですよね」

岡野さんの夫は路上で具合が悪そうにしていた女子児童を介抱するために公衆トイレに連れていっただけだ、という説もある。逮捕された男に風貌《ふうぼう》が似ていただけで、岡野さんの夫ではなかったという話もある。たしかなことはなにもわからない。わからないというのに、その噂が出た後から、岡野さんにたいする四年生の保護者の態度は、すこしずつ変わっていった。

「旦那《だんな》さんの性癖とか知らなかったんですかね」と囁《ささや》きあい「夫婦なのにね」と目配せをしあった。「見て見ぬふりしてきたのかもね」といった推測が「前から思ってたけど岡野さんって上から目線だよね」とか「性格悪いとこあるよね」とか、岡野さん本人への批難へと変わるまで、そう時間はかからなかった。

従者のようにつねに岡野さんのそばにいた福岡さんと八木さん。友だちならこんな時こそ味方になってやるべきだとまでは、希和は言わない。ただ、このタイミングで「前からそう思っていた」と言い出すのは、さすがに卑劣すぎるのではないのだろうか。

岡野さんには、たしかに好ましくない点があったのかもしれない。表面上は仲良くしていた人たちも内心不満を抱えていたのかもしれない。でもそのことと夫が起こした（かどうかも定かではない）事件とは、まったく別の問題だった。

岡野さんの夫をめぐる事件の顚末《てんまつ》は、はっきりしたことがわからぬまま噂だけがめぐり、十二月に入った。令和最初のクリスマス。そんな言葉がつけっぱなしにしていたテレビから聞こえてくる。いつまでたっても耳慣れぬ年号とクリスマスという組み合わせに、なんとなく野菜を切る手をとめた。

家のクリスマスは、今年も例年どおりにする予定だった。フライドチキンは晴基の好物だから多めに用意して、ポテトサラダはクリスマスリースを模してリング状にもりつけ、星型で抜いた黄色や赤のパプリカとブロッコリーで彩る。それらの料理をいつもの食事と同じように食べるだけだ。

家でケーキを焼いた年もあったが、ここ数年は市内の洋菓子店で購入している。晴基へのプレゼントは、晴基が寝たあとにベランダに置く。保育園児の頃に「煙突がないから入ってこられないんじゃない？」と心配していつまでも寝ようとしない晴基を「じゃあベランダの鍵《かぎ》を開けておくね」と説得して寝かしつけた。以来、プレゼントはベランダに置くのが習慣になってしまったのだ。

今はもうサンタクロースがプレゼントを持ってきているなどとは思っていないだろう。それでもやはり今年もベランダにプレゼントを置くだろう。仏壇に花や菓子を供えるように。鬼など来ないとわかっているのに豆を撒《ま》くように。

今日は『アフタースクール鐘』の仕事は休みだった。理枝ちゃんを含めて、病児保育施設の計画が着々と進行しているらしい。

玄関で物音がして、晴基が帰ってきたと知る。

最近ではなにも言われなくても帰宅後すぐにランドセルを自分の部屋に置き、手を洗いにいく。成長しているのだ。繰り返し注意しなくてもよくなったことがうれしくて、同時にほんのすこしだけさびしい。勝手なものだ。

「ただいま」

「おかえり」

台所に入ってきて、すぐに冷蔵庫を開ける。

「チョコ食べようかな」

「そうね、ふたつぐらいなら、いいと思うよ」

晴基が手に取った徳用パックのチョコレートの大きさでふたつと判断した。晴基は「みっつかよっつで」と粘る。

「じゃあ……ごはんの前にふたつで、ごはんの後にあとふたつ食べたら?」

「わかった」

不満そうな顔をしつつも、晴基はおとなしく冷蔵庫のドアを閉める。チョコレートの赤いパッケージを見て、野菜室にトマトがひとつだけ残っていたことを思い出す。

あれも今日のうちに食べてしまおう、と取り出したトマトは何日もそこに入れっぱなしにしていたせいか、既につやとはりを失っていた。卵と炒《いた》めて、おかずの一品にすることにした。トマトを洗い、まな板に置く。

なぜかソファーの座面ではなく肘掛《ひじか》けに腰をおろしてチョコレートの包装を剝《む》いている晴基に「岡野さん、どう?」と訊《たず》ねた。岡野さんの娘の陽菜ちゃんは噂が出回った直後も通常通り登校していたが、十二月に入ってから急に学校を休みがちになった。クラスの誰かになにか言われたのかもしれない。

「今は、学校に来てる?」

「うん」

晴基は「べつの教室で勉強してる」とこちらを見ずに答える。チョコレートを咀嚼《そしやく》する頬が、かすかに上下する。陽菜ちゃんは登校はしているが、みんなとは違う教室で授業を受けているのだとくぐもった声で続けた。

「べつの教室。ああ、そうなの」

「岡野さんは今パワーをチャージしてる、って先生が言ってた。みんなと一緒に勉強できるようになるまで、もうすこし時間がかかるって」

パワーをチャージ。沢邉先生はそういう言いかたをするのだなと思いながら、トマトに包丁を入れる。でも彼女のパワーが失われたのは、彼女のせいではない。トマトの切り口から汁が流れ出てきて、まな板のうえにうす赤い水たまりをつくる。


十八時には迎えに行く、という連絡をしてきた美亜ちゃんのお母さんが十九時を過ぎても来ない。電話をかけたが、留守電になってしまう。壁の時計と、今は壁にもたれて児童書を読んでいる美亜ちゃんを交互に見る希和に、要が声をかけた。

「希和さん、もうあがっていいですよ」

要はしかし、今から他の子どもたちを送っていかなければならない。

「父か姉に上に来て、見ててもらいますから」

内線をかけるべく要が電話機を持ち上げた時、インターホンが鳴った。美亜ちゃんのお母さんは画面ごしでもわかるほど、顔色が悪かった。

「遅くなってすみません」

美亜ちゃんのお母さんは頭を下げようとしてよろめく。壁に手をついて、懸命に呼吸を整えている。

「具合悪いんですか」

「いいえ、だいじょうぶです」

「だいじょうぶですか」と質問された人はだいじょうぶじゃなくても「だいじょうぶ」と答えてしまう、となにかで読んだ。だから具合が悪いのかと訊ねたのだが、美亜ちゃんのお母さんには通じなかった。

「すこしここで横になっていったらどうですか？」

いや、だいじょうぶです、と真っ青な顔で首を振る。その会話を聞きつけた要が出てきて、美亜ちゃんのお母さんの顔を見るなり「だいじょうぶじゃないでしょう」と首を振った。

「ほんとにだいじょうぶですから」

「だめです。無理をしている人には子どもを渡せません。親だとしてもね」

要にしてはめずらしく強い口調だった。美亜ちゃんのお母さんはまた口を開いたが、それ以上立っていられなくなったのか、ずるずるとその場にへたりこんでしまう。

「下で、診てもらいますか？」

今なら医者が三人いますよ、と要が続ける。すでにいつもの冗談めかした、やわらかい物言いに戻っていた。

「それはいいです。じゃあすみません。お言葉に甘えて、すこし休ませてもらいます」

いつのまにか部屋から出てきた美亜ちゃんが、半身を隠してこちらをのぞいていた。

「ママ、ちょっと具合悪いんだって。美亜ちゃん、もうすこしここで待てる？」

希和が声をかけると、美亜ちゃんは不安そうに表情を曇らせたまま、それでもこくりと頷《うなず》く。

「わかった」

「うん、ありがとうね。心配しないでね」

体調が悪くなった子を一時的に休ませられるように、ソファーベッドを用意してある。押入れから毛布を出してきた希和に、美亜ちゃんのお母さんは何度も何度も「すみません」と謝る。

「ほんとうに診てもらわなくていいんですか」

「いいんです、理由はわかってるんで」

「そうなんですか？」

「妊娠してるんです、わたし」

ほとんど囁くような声で言い、仰向《あおむ》けになった美亜ちゃんのお母さんは両腕で顔を覆った。

「……ああ」

相槌《あいづち》とも言えないような間の抜けた声が、希和の口から漏れる。隣の部屋をのぞくと、一階からあがってきた理枝ちゃんが、美亜ちゃんに絵本を差し出していた。希和に気づいて、理枝ちゃんは自分の胸に手を当てるような仕草をする。ここはわたしにまかせておいて。そんなふうに見えた。希和は美亜ちゃんのお母さんの腹部に目をやる。まだ真っ平だ。

「おめでとうございます」

希和がおずおずと言うと、美亜ちゃんのお母さんは「はい」とくぐもった声で答える。泣いているのだろうか。室内の湿度が高くなったように感じられる。

「まったく予想外のことで」

「このこと、美亜ちゃんには……」

「言ってません。だから言わないで。まだ誰にも言わないで」

わたし、と呟いたきり絶句してしまった美亜ちゃんのお母さんは、いまや完全に泣いていた。腕が、肩が、小刻みに震えている。

「自信がなくて」

ずっと自分の子どもが欲しかった、と震える声で続ける。子どもとの生活を夢想し続けていた。子どもが生まれたら一緒におでかけしたり、絵本をたくさん読んであげたり、おやつを手作りしてあげたりしようと思っていた。

でも実際産んでみると、なにひとつ自分が思ったようにはできなかった。仕事をして子どもの面倒を見て、そんな必要最低限のことをなんとかこなすだけで毎日が過ぎていく。ほんの五分程度ですら、黙ってぼんやり座っていることがかなわない。美亜のことはかわいい。だからこそ、しっかり育ててあげなきゃと思っている。

でもあまり口うるさく言うと萎縮《いしゅく》させてしまうのではとも思う。だから怒りそうになっても十回中九回はがまんする。それなのに十回目にはどうにも我慢ができなくなって、必要以上に怒り過ぎてしまう。怒ったあとで落ちこむ。

他人に「つらい」と愚痴をこぼすと「あなたはがんばりすぎだ、肩の力を抜け」と言われる。「あなたがやらなければいけないと思っていることの大半はやらなくてもいいことなんだよ」とも言われた。気が楽になるどころか、むしろ余計に落ちこんだ。完璧《かんぺき》な家事や育児をめざしているわけでもなく、必要最低限のことしかしていない。それを「やらなくてもいいこと」だと決めつけられて、これ以上どうすればいいのかわからない。ただ子どもをひとり育てるだけでこんなに余裕がない自分はよほどだめな人間なのだろうとさらにつらくなる。相談できる相手がいないんじゃない。相談した相手の返答によってかえって追いつめられることが予測できてしまうから、なにも言えなくなってしまう。後半はすすり泣きが混じってほとんど聞き取れなかったが、だいたいそんなふうな内容だった。希和もかつて体験した痛みだった。

「美亜を育てながらもうひとり育てるとか、ほんとうに、自信がないです」

がんばりすぎないでね。そんな言葉を、よく耳にする。

希和も深く考えずに、今まで何度も誰かに言ってきた。がんばりすぎるあなたが心配だから、という意味がこめられてはいるが、なんの救済にもなっていない。言った側が、その人のがんばらなかったぶんの責任を代わりに負うこともない。

善意の声かけがかえって人を追いつめることもある。だからこそ具体的になにか助ける手段はないだろうかと、希和は泣いている彼女を前に考えている。

たとえば、買いものを代わりにするとか、そういうことだ。でも他人に頼みたいこと、頼みたくないことは人によって違うだろうし、これほど疲れている人に「どんなことなら他人に頼めますか?」と質問して判断させるのも酷な気がする。

「今日は、家まで送っていきます。すこし眠るといいですよ」

結局、それだけしか言えなかった。だけどきっと今この人に必要なのは気休めの言葉じゃない。具体的な支援だ。たとえどんなに小さなことでも。

電気を消して部屋を出ると、美亜ちゃんも理枝ちゃんもおらず、そのかわりのようにして、大先生が子ども用の椅子に窮屈そうに座っていた。

「美亜ちゃんは、理枝が下に連れていきました。特別見学で、院内を見てまわるんだそうです」

鐘音家の人にしかできない子守りのやりかただ。希和がそう言うと、大先生は「そうかもしれませんねえ」とにこにこする。

晴基が赤ちゃんだった頃から今日まで診てくれている、大先生。若作りしているわけではないのに、若々しく見える。よけいなものがくっついていないせいだろう。贅肉《ぜいにく》とか、しがらみとか、見栄とか。

「要が戻るまで、私がここで待機しますから、あなたはもう帰っていいですよ」

「彼女たちを送って帰りたいです。もうすこしここで待ちます」

希和には誰にも言えないことを聞いた責任がある。

「じゃあ、お茶でも飲みましょう」

大先生が立ち上がろうとするのを「わたし、淹《い》れます」と押しとどめた。

ふたりぶんの紅茶を淹れながら、夫にはＬＩＮＥで、晴基にはメールで、それぞれ「すこし遅くなる」と連絡した。夫のほうはすぐに既読がついたが、返信はない。紅茶を大先生に差し出した時、晴基から「ＯＫ」と短い返信があった。

子どもたちがつかうテーブルで向かい合い、しばらく黙って紅茶を飲んだ。

「来年は、東京オリンピックですね」

「はい」

「希和さんは、好きなスポーツはありますか」

「わたしはとくに……」

気を遣ってあたりさわりのない話題を振ってくれる大先生にそんな返事をする自分を、希和は情けなく思う。しかしスポーツ全般に興味がないので、大先生はなにが好きなんですか、と訊き返したとしても話が盛り上がらないことはあきらかだった。

「晴基くんは、いくつになりましたか」

「もう四年生です」

大きくなりましたねえと大先生は呟《つぶや》き、メガネの奥の目を細める。

「これは痛い注射だよ」とわざわざ言いながら、怯《おび》えて泣く晴基の腕に予防接種の注射針を刺す大先生の無駄のない手つきを、希和は思い出している。子どもに子ども騙《だま》しの手段をつかわない、という誠実さ。希和は大先生からそれを教わった。

「要は、ちゃんとやってますか」

理枝ちゃんと同じことを訊くんだなと思ったら、ちょっと笑ってしまった。希和のその笑いをどうとらえたのか、大先生が照れたように頬を掻《か》く。

「あいつは末っ子だからか、いつまでも子どもみたいに思えて」

「そういうものですか」

そういうものです、と大きく頷く。声に実感がこもっていた。

二歳の頃、晴基が高熱を出したことがあった。土曜日のことで、朝のうちは熱もそう高くなく、ただの風邪だろうと思っていた。月曜までに治ってくれたらいいなあ、と軽く考えていたのだが、昼近くになって熱があがった。ブロックで遊びながら真っ赤な顔でフウフウ息をしていることに夫が気づいた。体温計で測ってみたら三十九度あった。

「どうしてもっと気をつけて見ていなかったのか」と夫に詰《なじ》られ、半泣きで晴基を抱いて診療時間が終わるぎりぎりに鐘音小児科に飛びこんだ。

「もっと気をつけて見ていたら、もうすこしはやく連れて来られたんですけど、すみません」とくどくどと言い訳して頭を下げる希和に、大先生は「お母さんが悪いんじゃありませんよ」と言い、「帰ったら涼しい場所で、しっかり水分を与えて」と、これからとるべき具体的な行動を教えてくれた。

気休めの言葉だけではだめなんだ、という思いがまた強くなる。

子どもたちを送りにいった要が戻ってきた。大先生は「それじゃあ」と一階に戻っていく。

三十分ほどして、美亜ちゃんのお母さんが部屋から出てきた。もう歩けると言うので、一緒に帰ることにした。

美亜ちゃんが「ママ、だいじょうぶ?」「ねえねえだいじょうぶ?」とまとわりついている。子どもは敏《さと》い生きものだから、なにかを感じとっているのかもしれない。美亜ちゃんのお母さんは迎えに来たときよりはいくぶん顔色もましになり、余裕もすこしだけ戻ったようだった。

「ごめんね、美亜」

母親から頭を撫《な》でられて、美亜ちゃんはくすぐったそうに目を細める。ふたりして美亜ちゃんを挟むかっこうで横に並んで歩いた。駅周辺は人通りも多く、まだ営業中のドラッグストアやコンビニが並んでいるおかげでずいぶん明るい。

「最近食べたいものとか、あります？」

つわりはあるのか、というようなことはここでは訊けない。美亜ちゃんのお母さんは質問の意味を察したようで「……トマト、ですかね」と小さな声で答える。

「トマト、商店街の青果店においしいのがあるので、近いうちに差し入れしますね」

「そんな」

慌てて首を振る美亜ちゃんのお母さんが、そこまで甘えられません、と呟く。希和は、よくわからないけどそうすることでむしろ過去の自分が救われるのだ、と伝えた。説明になっていない気もしたが、ほんとうの気持ちだった。

「美亜ちゃんはりんごが好き」

美亜ちゃんが授業中みたいに手を挙げる。

「そっか。美亜ちゃんはりんごが好きなんだね」

「うん」

「トマトとりんご、どっちも赤いね」

希和がなにげなく口にした言葉に、美亜ちゃんがぱっと顔を輝かせた。

「ほんとだ、美亜ちゃんの好きなものとママの好きなもの、どっちも赤いね。いっしょだね」

美亜ちゃんはその場でぴょんぴょん跳ねはじめる。いっしょだとうれしいね。ママと美亜ちゃんいっしょだね。その言葉に希和の胸はしめつけられる。おそらくは、美亜ちゃんのお母さんも。

「そうね」

美亜ちゃんのお母さんがぎこちなく笑い、それから立ち止まって、顔をぴったりと両手で覆った。

「ママ、ぐあい悪い？」

美亜ちゃんがおろおろとスカートの裾《すそ》を引っ張る。希和は「そうじゃないよ」とその小さな肩に手を置いて、ふいにこみあげた涙を抑えようとまばたきをくりかえした。

一日中子どもの相手をするのがつらいと言ったら、夫から「子どもがかわいくないのか」と真顔で訊かれたことがある。その時は「子どもがかわいくない」と「つらい」はイコールでつながっているのではない、それぞれ異なる要素だ、と思ったのだが、あらためて考えるとそれもまた違う気がした。かわいいからこそ、つらい。そういう見方もあるのではないか。

できるかぎり大切にしたい、邪険にあつかいたくない。だからこそ「子どもの相手がつらい」と思う自分を人でなしのように感じ、なおさら落ちこむ。

そんなことを考えながら、希和は新幹線のシートに頭を預けて眠る夫の顔を見ている。福岡の夫の実家に向かう新幹線は満席で、デッキには立ちっぱなしの乗客の姿もあった。はやめにチケットを買ってよかったと、毎年思うことをまた思った。

以前はお盆休みを利用して夫の実家に出向いていたから、もっと乗客が多く感じられた。年末は夏に比べればやや余裕があるが、それでも夫の実家への訪問が憂鬱《ゆううつ》であることにかわりはない。前の座席を窺《うかが》うと、窓際の晴基は携帯ゲーム機の小さな画面にかがみこむようにして夢中で遊んでいた。

夫の父は市内の会社に勤めていたが、去年定年退職した。夫の母は近所の工場でパートをしていて、そちらは今も続いている。夫には姉と妹がおり、いずれも同じ市内に住んでいる。年末の三十日から正月二日まで夫の実家に泊まるのが、ここ数年の定番だった。

自分の親とあと何回会えるかわからない、と夫は言う。だから一年に一度ぐらいは顔を見せて親孝行をしなければならないと。間違ってはいないのだろうが、どうしても夫の「親孝行ごっこ」につきあわされている、という感覚がつきまとう。

夫の両親が、自分たちの来訪をそれほど喜んでいるように見えないからかもしれない。夫の姉や妹が産んだ孫たちは、つねに彼らの傍にいる。そのせいか、夫の両親が晴基に向ける関心は薄い。

実際に夫の母が親戚《しんせき》の誰かに「内孫、外孫なんていうけど、やっぱりお嫁さんが産んだ孫より自分の子どもが産んだ孫のほうがかわいいに決まってるよねえ」と話しているのを聞いたこともある。

夫にはそのことは話していない。夫は自分の姉や妹の子と晴基をくらべたがる。張り合いたがりもする。姉の子の絵が絵画コンクールで特選だったと聞けば「晴基も入選したことぐらいある」と言い出す。妹の子の成績が良いと聞けば、「晴基も国語は得意だよな」と必死になる。聞いているほうが恥ずかしい。

そのくせ、その会話のあとで夫はかならずと言っていいほど、ひどく不機嫌になるのだ。そうして八つ当たりみたいに、晴基に「誰それちゃんはもっと行儀がよかった」「誰それくんはお前より飯を食うのがはやい」などと、ぐずぐずお説教をはじめる。

晴基がそれをどう感じているかはわからないが、愉快でないことだけは確かだ。年に一度しか会わないいとこたちとは屈託なく接しているように見えるが、あまり感情をストレートに表現しない子だから、心配はつきない。

夫の実家は山沿いの古い日本家屋だが、水回りは去年リフォームをしている。結婚したての頃は汲《く》み取り式のトイレが薄気味悪かった。暗い廊下も、和室も好きではない。荷物をほどく間もなく、夕飯がはじまる。ああ、また鍋《なべ》なんだ。テーブルにセットされた卓上コンロを見てこっそりため息をつく。いっしょに鍋料理を食べると仲良くなれる、というような話を以前、誰かに聞いた。でもそれはきっと、なんのためらいもなく他人とひとつの鍋を箸《はし》でつつきまわせるような人間だけが誰とでも仲良くなれる、の間違いだ。

夫の姉と妹たちはそれぞれ元日に顔を出す。

「希和さん、これ運んで」

台所から声がかかった。希和はとんでいって、大皿を受けとる。カニの足や豆腐や白菜がもりつけられていた。

一年ぶりに会う夫の母は、ひとまわり小さくなったように見える。腰が痛いの、肩が痛いの、胃の調子が悪いのと会うたびぼやくが顔色はむしろ以前より良い。もう子どもたちも全員家庭を持ち、面倒を見なければならない孫たちもある程度大きくなって、余裕ができたのだろう。

夫の父はあまり喋《しゃべ》らない人で、食事の時はさらにその傾向が強くなる。たまに自分の妻にたいして「箸」とか「リモコン」とか単語を発するだけだ。晴基は寄せ鍋には手をつけず、白ごはんだけをのろのろと口に運んでいる。

また夫が好き嫌いが多いのどうのと言い出すのではないかと警戒していたが、夫は機嫌よくビールを飲みながらテレビを見ていて、晴基の箸が進んでいないことにはてんで気がつかないようだった。

「しかし、この家も古くなったよなあ」

鍋のなかみがあらかた食べつくされた頃、夫が居間を見回す。テレビボードの上には写真がいくつも飾られている。孫たちの七五三の写真や、夫婦で旅行に行った時の写真。お土産でもらったような置物や埃《ほこり》をかぶったプリザーブドフラワーもその隙間に節操なく並んでいる。壁が黄ばんでいるのは、夫の父がかつて煙草を吸っていたせいだ。

「あら、リフォームしたからきれいでしょ」

鍋にごはんを投入しながら、夫の母が唇を尖《とが》らせる。

「トイレと風呂《ふろ》と台所だけだろ」

「じゅうぶんよ」

「ぜんぶきれいにすればよかったのに」

「だってもうお父さんとお母さんしかいないんだから、ちょっとぐらい古くったっていいよねえ、お父さん」

声をかけられても、夫の父は無反応だ。テレビの画面に視線を固定したまま、コップを口に運んでいる。

「でも、俺たちがここに引っ越して同居するって可能性もあるよ」

夫が突然そんなことを言うので、希和は噎《む》せそうになった。

夫の母はフフンと笑い、卵を溶きはじめる。自分が食事につかった箸と小鉢で。

寄せ鍋のあとに雑炊をつくる時、彼女はいつもそうする。希和はいつもその雑炊を食べる時は、息を止めて流し込む。

「こっちにって、あんた仕事はどうするの」

「今すぐってわけじゃないよ、でもあと何年かしたら、こっちでのんびり過ごすのもいいかなあと思う時もあるよ。親父たちもさ、今は元気だけど年取ったら体の自由がきかなくなるし。そしたら長男の俺が面倒みるべきでしょ」

今日の夫はよく喋る。そんなことを考えていたなんて、はじめて知った。夫の母は「あら、頼りになるねえ」とまんざらでもなさそうに笑っていた。

「本気にしたらだめよ」

後片付けの最中だった。希和が皿を洗っている時に夫の母が近づいてきて、そう告げられた。

「え？」

意味がわからず、希和は彼女の顔を見返した。

「さっきの、和孝《かずたか》の話よ。同居するのどうのって」

夫の母がじれったそうに唇を歪《ゆが》める。

「あの子は昔っから調子が良くて。根が優しいのね。私らを喜ばせようとすぐに心にもないこと言っちゃうんだから。こっちに来て同居なんてね、無理に決まってるよ」

「はあ……」

あいまいに頷く希和に、夫の母がまた一歩近づく。

「希和さん、すごい顔してたよ。和孝が『同居』って言った時。そうよね、嫌に決まってるよね」

見られていたのか。気まずさに胃がきゅっと縮み上がる。希和がうつむくと、夫の母がかすかに笑った。息を吐いただけかもしれない。

なにをどう答えても言い訳になる。同居するとかしないとかそのものより、夫が自分になんの相談もなく話したことが嫌だったのに。夫の母が言うとおり喜ばせようとして言っただけのことだとしたらなおさら。自分の両親を喜ばせるためなら妻や息子の感情はないがしろにしていいと思っているとしたら、あまりにもひどい。

「心配しないで、希和さん」

だいたい同居なんて、こっちが気詰まりよ。ごく小さな声でそう続けた。夫の母は希和に背を向けていた。だから、どんな顔でそう言ったのか、ひとりごとのつもりで聞こえないように言ったのか、それとも希和にぎりぎり聞かせられるぐらいの声量で言ったのかは、判断できなかった。

にせんにじゅうねん。商店街を歩きながら声に出して言ってみる。二〇二〇年。まだ慣れない。このあたりの豆腐屋や青果店は、一月七日を過ぎてから休みをとる。閉まったシャッターに貼られた「賀正」の文字と干支《えと》のねずみが描かれたポスターを眺めながら、希和はドラッグストアを目指して歩く。吐いた白い息が暗がりに溶ける。『アフタースクール鐘』の仕事はじめは、とくになにごともなく終了した。「今年もよろしくお願いします」と要と頭を下げあい「要さーん、お年玉はー?」などとふざける子どもたちと、十九時まで過ごした。

美亜ちゃんが寄ってきて「ねえ、きわさん。美亜ちゃんはおねえさんになるんだよ」と教えてくれた。

冬休みのあいだに聞かされたのだろう。頰がつやつやと輝いていた。

「うれしい?」

「うん!」

「美亜ちゃん、お母さん好き?」

「だいすき!」

三学期は親にとっても子どもにとっても飛ぶように過ぎていく。四月になれば『アフタースクール鐘』は一周年を迎える。

いつまでもつことやら、と意地悪く噂されたこの場所が、可能なかぎり長く存在し続けますように。初詣《はつもうで》で、希和はそう願った。口さがない人びとへの反発もあるが、それだけではない。

家でも学校でもない場所や、子どもに関わる大人は、きっと多いほうがいい。人数ではなく人間の種類が、多いほうがいい。

人はそれぞれに違うのだと、子どものうちから知ることができる。違うから尊重し合わなければならないのだと。すくなくとも希和は、晴基にそのことを知ってほしい。そしてそれは自分ひとりで教えられるようなことではなかった。

早足で帰宅を急ぐ希和の視界を、水色のランドセルが横切った。十字路の真ん中で左右を見回す。もう十九時を過ぎているのにたったひとりで、水色のランドセルを背負った女の子は歩いていく。

のろのろと細い路地を進んでいく彼女が気がかりで、希和はあとをついていく。黄色い帽子の側面に新野小学校の校章が見える。周囲に連れの大人の姿はない。

車の通れないさらに細い路地に入っていく女の子のあとを追いながら、ふいに思い出した。以前ゆきのちゃんが『アフタースクール鐘』から飛び出していった時に、ここを歩いた。水色のランドセルの彼女は、古いビルとパチンコ屋のあいだで立ちどまる。周囲を確認するよう首を左右に向けた時、希和と目が合った。岡野陽菜ちゃん、とフルネームで呼んだら、ぷいと顔を背けてビルの隙間に入っていく。

幅一メートルもない隙間に変わらず放置された小型の冷蔵庫や扇風機。間違いない。ゆきのちゃんとメロンソーダを飲んだ場所だった。前回より放置されたゴミが増えている。希和が入っていくと、陽菜ちゃんが冷蔵庫の陰から顔をのぞかせた。

「こんにちは」

悩んだあげく、まのぬけた挨拶《あいさつ》をしてしまった。ビールケースから立ち上がった陽菜ちゃんは黙っている。

「えっと、わたしは坂口晴基の母です」

あやしい者ではありません、と胸に手を当ててつけくわえたら、いかにもあやしい雰囲気になってしまった。

「知ってる」

陽菜ちゃんが小さな声で言い、ビールケースにふたたび腰をおろす。

「あ、そう？　よかった」

もうすこし近くに行ってもいいかと訊ねたが、なにも答えない。ランドセルを膝《ひざ》の上に抱えてうつむいている。希和はその場に立ったまま「わたしここに来たことあるんだ、一回」と言ってみた。

「ゆきのちゃんと」と続けると、陽菜ちゃんが驚いたように顔を上げる。

「ゆきが教えたの？　この場所」

ゆき、と発声する時に滲《にじ》んだ親しみを、希和は敏感に感じとった。ゆきのちゃんはクラスで浮いているように見えたが、この子とは仲良くしていたのだろうか。

「教えてもらったわけではなくて、見つけたの。ゆきのちゃんがここにいるのを。引っ越しする、すこし前」

「もしかしてハルくんのお母さん、ゆきがどこに引っ越したか知ってる？」

陽菜ちゃんはふたたび立ち上がったが、希和が「それは知らない」と答えると、がっかりしたようにどさりと腰をおろした。

陽菜ちゃんとゆきのちゃんは、三年生の二学期に隣の席になったのをきっかけに、時々手紙を交換するようになったのだという。でも一緒に遊んだことはない。

「レイたちが嫌がるから」

よく一緒にいる子の名だ。希和は黙って頷く。彼女たちはたしかに、ゆきのちゃんを仲間に入れることをよしとしないだろう。

ゆきのちゃんもそれを感じ取っていたのか、教室では陽菜ちゃんに話しかけてくることはなかった。

ゆきのちゃんは図書室の本をたくさん読んでいて、陽菜ちゃんは追いかけるようにしてそれらの本を読んだ。ふたりとも同じシリーズがお気に入りだった。タイトルも教えてくれたが、希和はその本を知らない。最近人気の児童文学のようだ。

でも、と陽菜ちゃんの表情が翳《かげ》る。ゆきのちゃんは突然引っ越してしまった。

「新しい住所、教えてくれなかった」

「そうだったの」

「ゆき、ひどい。宿題教えてあげたこともあるのに。算数苦手だって手紙に書いてたから」

ゆきのちゃんが『アフタースクール鐘』に来た時、宿題をする姿を見た。すらすらと解答欄を埋めていくので、意外だな、と思ったことを覚えている。希和がそれを言うと、陽菜ちゃんは唇を尖らす。

「できるよ、ゆきは。わたしが教えてあげたんだもん」

ゆきのちゃんは以前、なんのために勉強をしなければならないのかわからない、と言っていたという。

「勉強はチケットだって、ゆきに教えたんだ」

「チケット？」

「そう。ママが言ってた」

陽菜ちゃんは一年生の時から塾に通っている。たくさん勉強をした人はたくさんチケットを手に入れて、遠い場所でも近い場所でも、自分の好きな場所に行ける。岡野さんにそう言われたのだという。

ゆきのちゃんはその言葉にひどく感心して、手紙で「わたしも勉強がんばるよ」と約束してくれたという。

「そうだったのね」

ひっきりなしに強い風が吹いて、希和の身体を冷やす。陽菜ちゃんもきっとそうだ。

「ここは寒いし、時間も遅いし、もう家に帰ったほうがよくない？」

「まだここにいる。ここのこと、誰にも言わないで」

もう行っていいよ、とランドセルに顔を伏せる。

「そういうわけにはいかない」

「どうして」

「心配だから」

「……言っとくけどママ、ハルくんのお母さんのこと嫌いだよ」

「知ってる」

知ってる、と答えはしたが、じつは驚いていた。好かれていると思っていたわけではない。岡野さんの中の自分が「嫌い」という明確な感情を向けられるほどの存在感を持っているとは想像もしていなかったのだ。

「でもあなたのお母さんとあなたはべつの人間だから。というかあなたのこともその……

なんていうか、好きだから心配してるわけじゃない」

好ましい相手だから、仲良くしている人の子どもだから助ける。そういうことではない。それを小学四年生に説明するのは難しい。

「ここにいる」

「そうか。うん、わかった」

これ以上粘るべきではないと判断し、いったん背を向ける。どうすれば説得できるか、もうすこし考えてみたい。

「待って」

希和の背中を、声が追いかけてきた。

「ハルくんのお母さん、秘密守れる？」

「……秘密による」

陽菜ちゃんは希和の顔をじろじろ見てから、話しはじめた。一学期におこった携帯電話の盗難事件の話だった。

携帯が盗まれ、トイレに捨てられていた。あの犯人を知っているという。

「レイたちも知ってるよ。学校に残ってた時、一緒にいたから」

ためらうように顔を伏せた陽菜ちゃんの口から、数名の男子の名が零《こぼ》れ出る。彼らはクラスメイトのランドセルから盗んだ携帯電話を「的当て」と称して教室の絵に向かって投げて遊んだあと、トイレの手洗い場に捨てた。そのあいだ彼らはずっと笑っていた。陽菜ちゃんたち女子はそのことについて、彼らから固く口止めされている。喋ったら「殺す」と脅された。

「だから言えなかったのね」

「そう。でもいつか先生に話さなきゃと思った。でももう、今さら言えない」

「どうして?」

自分の父親の件から気を逸《そ》らすために言い出したと思われて、きっと信じてもらえない。陽菜ちゃんの言いたいことは、希和にもよくわかった。たとえ真実であってもそれをあきらかにすべきタイミングというものはあるし、彼女はそれを逃した。

「だからハルくんのお母さんも言わないで」

「……わかった」

どうして教えてくれたのだろう。ゆきのちゃんと関わりのある大人だったからだろうか。なんらかの信頼を寄せてくれたのだとしたら、こちらも誠実に向き合うべきだった。

「わたしは、今から陽菜ちゃんがここにいることを岡野さんに伝える」

「やめてって言ったら連絡しない?」

「するよ」

「ずるい」

ずるい、ずるい、と陽菜ちゃんが泣き出した。希和がスマートフォンをかばんから取り出すと、その泣き声はほとんど悲鳴に近くなった。

「ママに連絡してもいい、でもこの場所のことは内緒にしてほしい」と、陽菜ちゃんは両手を合わせて希和に懇願した。

駅は人目につくから嫌だと言うので、希和のマンションまで移動することになった。

岡野さんは、すぐに電話に出た。帰りが遅いので捜しに行こうとしていた、もうすこしで警察に連絡するところだったという。

「すぐに行きます」

その言葉どおり、数分もかからずに自転車でやってきた。

「陽菜！」

鋭く叫んで、自転車から飛び降り、娘を抱きしめる。

「ごめんなさい」

陽菜ちゃんの声が震える。岡野さんはでも「どれほど心配したか」というような責めかたはしなかった。ただ無言で、何度も首を振った。両腕はしっかりと娘の背中にまわしたまま。

「帰ろう、陽菜」

「うん」

岡野さんが希和に向き直る。

「坂口さん、ご迷惑をおかけしました」

頬を引きつらせながら頭を下げ、そそくさと立ち去ろうとする。どうやら思った以上に嫌われているらしい。

「あの」と思わず呼び止めたのは、岡野さんがあまりにやつれていたせいだ。あきらかに以前より痩《や》せているし、暗くてもわかるほど、その肌は荒れている。

「なんですか」

岡野さんが眉間《みけん》にぎゅっと皺《しわ》を寄せる。陽菜ちゃんが心配そうに希和と母親を見上げている。呼び止めはしたが、言葉が続かない。たいへんですね、なんて言うべきではない。なにか力になれることがあるか、と訊こうと口を開いた瞬間、岡野さんが希和に一歩近づいた。どんと肩を突かれる。数歩よろめき、マンション前の花壇に足を踏みいれてしまった。低木ががさっと音を立てる。

「いい気味だって思ってるんでしょ」

「そんな……」

「思ってるんでしょ！」

また肩を突かれる。今度はさっきより強く。肩が鈍く痛んだ。

「思ってないです！」

希和もつられて大声になる。

「ほんとは笑ってるんでしょ！　ねえ！」

「違います！」

「ママ、やめて」

陽菜ちゃんが泣き声を上げた。岡野さんはそこでようやく我に返ったようだった。ぎくしゃくと希和に頭を下げ、自転車を押しながら帰っていく。ふたりの姿が曲がり角で消えても、希和は呆然《ぼうぜん》とそこに立っていた。

「希和？」

背後から名を呼ばれて、ぎょっとして振り返る。夫だった。今帰ってきたところなのだろうか？　伸びあがるようにして岡野さんたちが去っていったほうを見ている。

「すごかったな、さっきの」

「見てたの？」

なに？　ママ友トラブル？　などと半笑いで問う夫は、ほんとうになにも知らないのだ。あらためてそう気づかされる。

知らないんだよね、あなたは。わたしのことも、わたしがいる世界のことも。そう言おうとしたが、喉《のど》からひゅうという息が漏れただけだった。

で拭《ぬぐ》う。

岡野さんに突かれた肩がまた痛み出して、希和は顎《あご》までしたたり落ちてくる涙を手の甲

「え、なに、泣いてんの?」

やめて、と二度繰り返したら、声が震えた。ん? と夫が首を傾げる。

「やめてよ」

「女ってこわいな、やっぱ」

「女ってこわいとか、そういう言いかたやめてよ」

いい気味だなんて思っていなかった。岡野さんの言いがかりだったし、嫌な気分にもなった。

それでも、それでも、希和は嫌だった。岡野さんの身に降りかかったこと。彼女の置かれている状況。岡野さんが自分に向けた敵意。それらを、なにも知らない夫のような男に「女って」などと、安易にまとめられたくなかった。

「ねえ、あなたは嫌じゃないの?」

和孝。夫の名をひさしぶりに呼んだ気がする。

「なにが」

和孝は困った顔で周囲を見回し、とにかく家に入ろう、と希和の背中を押す。

「わたしは嫌だ。あなたとこんなにも言葉が通じないことが、ほんとうに苦しい」

「なんの話だよ、いったい。さっきのママ友となにがあったんだよ」

「ママ友じゃないし、岡野さんは、もう関係ない！」

エレベーターに押しこまれながら、希和は必死に抵抗した。今この瞬間を逃せば永遠に伝えられなくなる気がした。

「……どうしろって言うんだよ」

上昇していく箱の中で、和孝がため息をつく。うんざりしているわけではなく、ほんとうにわけがわからず途方にくれているように見えた。

「わたしの話を聞いてほしい」

こみあげてくる熱いかたまりを何度も飲みこみながら、希和はようやく口にした。

「聞いてるよ、いつも」

「ぜんぜん聞いてないよ。ごはんの時に動画見るし」

「動画？　は？　なんだよ、いきなり」

エレベーターのドアが開いた。ずらりと並んだドアの、いちばん手前が希和たちの家のものだ。鍵をポケットから取り出しながら、和孝が希和をちらりと見る。

「なあ、聞くよ。聞くからさ」

泣かないでくれよ、と懇願する和孝の声が湿った。

「希和が泣いてると、どうしていいかわかんないんだよ、俺」

なんて頼りないことを言う男だろうと呆《あき》れながらも、どうしても溢《あふ》れてくる涙を止める
ことができない。何度も強く手で擦《こす》ったせいで、顎の裏の皮膚がひりひりと痛む。

薄荷

視界の端で赤と緑が散った。ばらばらという音とともに、青と白も。黄色、ピンク、ラメの混じった紫。色彩は床の上でいきおいよくはねて、あらゆる方向に転がっていく。

「スーパーボールだ」

隣で晴基が驚いたような、ほんのすこし笑っているような声を上げる。ショッピングモールの広場にミニ縁日のコーナーができていた。わたあめの機械やポップコーンマシンの並びにスーパーボールすくいのビニールプールがあった。そこにスーパーボールを補充しようとしたショッピングモールの従業員の手元がくるって床にぶちまけてしまったようだ。数名がかりで拾い集めているのを希和も手伝おうと腰を屈《かが》める。

落としたら拾えばいい。簡単なことだ。落とした相手が今みたいに偶然にその場に居合わせた他人だったら黙って手伝うだけなのに、自分の子どもだと苛立《いらだ》ってしまう。

無意識のうちに、なにを言ってもいい相手だと決めてかかっている。子どもをひとりの人間として尊重するということのむずかしさを、何度も何度も手のひらに載せて、たしかめてきた十年だった。以前は、尊重しているつもりがただの遠慮になってしまっていた。

要はバランスなのだろうが、それがいまだに摑《つか》めない。

右隣を歩く晴基の背がいつのまにかまた伸びていることに気づく。きっとこの子は、わたしが「むずかしい、むずかしい」と悩んでいるあいだに大きくなって、バランスを摑む前に離れていってしまうのだ、と思う。ならばああだこうだと考えこむより、この時間を存分に慈しむほうがいい。晴基とともに過ごせる時間は限られている。

「人が多いな」

左隣の和孝が顔をしかめる。和孝の会社の後輩、去年うちに来たこともある女性が今年の夏に結婚するらしい。ひさしぶりに出した冠婚葬祭用の靴が古びていたというので、朝いちばんにショッピングモールに買いに来たのだ。車で来たこのタイミングで、ついでにかさばるものを買いそろえたかった。たとえばクッションだとか、食器だとか。あちこち見てまわるうちに、どんどん人が増えてきた。

人の多い場所が苦手な和孝がすこしずつ不機嫌になっていくのがわかる。今も落ち着かぬ様子で、しきりに上着の襟を引っぱっている。

前にひとりでここに来た時はちょうどクリスマスの翌日だった。ツリーが撤去されて、お正月用品のコーナーになっていた。今はそのスペースにピンクと赤のバルーンが並んでいる。

「もうすぐバレンタインデーだから」

人が多いことの説明になっているようななっていないようなあいまいな希和の呟《つぶや》きに和孝は反応しなかった。「疲れた」「疲れた」とぼやいて視線を左右に投げる。

時刻はちょうど十一時三十分だった。もうすこししたらフードコートも混み合うだろうが、今なら空席もあるのではないか。広いショッピングモール内を歩きまわって、ずいぶんお腹が空《す》いていた。

「休憩がてらお昼食べてから帰ろう」

「俺、家で食事したいんだけど」

ごねる和孝の背中を押し、フードコートに入っていく。

晴基はハンバーガーが食べたいと言うので、千円札を渡してひとりでファストフード店の列に並んでもらう。和孝が「ごはんものならなんでも」と言うので、希和は『丼』と大きなのぼりを立てている店に向かった。すでに数名が列をつくっていて、希和も最後尾に並ぶ。それからなにげなく和孝を見やった。

岡野さんとの一件を目撃した和孝の前で泣きじゃくったあと、希和は「わたしの話を聞いてほしい」と訴え、「聞くよ」と和孝は答えた。あれやこれやの不満をぶつけようと思っていたのだが、泣き顔で帰宅した希和を心配する晴基を宥《なだ》めたり家事を片付けたりしているうちに、その夜はうやむやになった。

翌日以降も、夫婦の関係について話し合うようなことはとくになかった。タイミングを逃してしまったのだ。

ただ、会話は増えた。希和は思ったことを思った時に口に出そうと気をつけるようになった。和孝は和孝で、最近よく、夕飯を食べながら会社でのトラブルや帰宅途中で見かけた猫の話などをするようになった。

以前より家のことを手伝ってくれるとか、希和をいたわってくれるとか、そんなことは一切ない。でも希和にとっては、以前より家の中の風通しがほんのすこしだけ良くなった。

さっきだってそうだ。テーブルに肘《ひじ》をついて退屈そうにしている和孝を見ながら希和はひとりごつ。以前はただ「そりゃあなたは家でもただ座っていれば目の前に食事が出てくるんだものね」と恨めしく思っていた。和孝が「疲れた」とぼやいたら、むずかる赤ん坊が泣くのではないかと気を揉《も》むように、すみやかに家に帰ることだけを考えていた。

お昼食べてから帰りたい。それを伝えるのは、こんなにも簡単なことだったのか。和孝の好物だからと選んだ親子丼は味噌《みそ》汁と漬物の小皿がついていて、ふたりぶんを運ぶのは至難の業だった。「運ぶの手伝って」と和孝にＬＩＮＥのメッセージを送ると、のろのろとこちらにやってくる。

そのあいだにもフードコートはどんどん人が増えていく。

「せわしないな、こんなとこで食べるの落ちつかないよ」

トレイを両手で持っておそるおそる歩く夫の後について歩きながら、希和は「ちっちゃい子がきゅうに飛び出してくるから気をつけてね」と声をかける。晴基はすでに席に戻ってきていて、細長いフライドポテトをつまんで引っ張り出していた。

「今日はなんで、急にここで食べたいなんて言い出したの？」

割り箸《ばし》をぱちんと音を立てて割りながら和孝が希和を見る。

「だって買いものして疲れて帰ってきてお昼の用意するの、面倒だもん」

蓋《ふた》を開けるとふわりと湯気が立ち上る。卵とだしの匂いに思わず目を細める。ひとくち食べて、思わず「ああ、おいしい」と呟いた。他人がつくってくれるごはんはおいしい。外で食事するたびしみじみそう感じる。

「レトルトに毛が生えたようなもんだろ、どうせ」

失礼なことを口走った和孝が箸を動かして「あ、ほんとにいけるな、これ」と目を丸くする。

「そうでしょう」

「その草、なに？」と丼をのぞきこんだ晴基がふしぎそうな顔をする。

「草って。三つ葉よ」

「はじめて見た」

「家でつくる時もいつも入れてるよ」

「そうなの？」

いやねえ、と吹き出した希和を、和孝が箸を止めてまじまじと見ている。

「なに？」

「いや、俺、今まで希和は料理が好きなんだと思ってたよ」

「どうして」

「だって毎日やってるし、そもそも女ってそういうもんだと」

どうも、本気で驚いているらしかった。料理も洗濯も掃除も、希和が心から楽しんでやっていると思っていたという。

自分はたしかに料理が好きな部類に入るかもしれない。けれどもすべての女がそうではないだろう。もしかして「好きなことをしている女の邪魔をしてはいけない」と遠慮して、家のことを一切希和にまかせていたのだろうか。そうなの？　と訊《き》くと、まあ、と頷《うなず》く。

「好きでやってることでもたまには休みたい時だってある。あなただって仕事が好きで毎日行ってるけど、休みなしでやれって言われたら嫌でしょう」

「俺、べつに仕事が好きだから毎日行ってるわけじゃないよ」

「こっちだってそうよ」

晴基がすこし心配そうに両親を見ているのがわかる。だいじょうぶよ、という意味をこめて、かすかに微笑んでみせる。だいじょうぶ、喧嘩《けんか》してるわけじゃない。

箸を止めたまましばらくなにごとかを考えていた和孝が「そうか」と言った。カーテンを開けたら晴れていたというような、すこんと明るい、どこか間の抜けた声だった。

「そうよ」

「そうだったのか」

頷き合って、あとは食事に専念する。

フードコートを出ると晴基が「ねえ、くじやっていい？」と希和たちを振り返った。さっきのミニ縁日のコーナーにあったのだそうだ。和孝が五百円玉を渡し、晴基は「ありがとう」と笑って、走っていく。

「あいつ、どうだったの」

どうってなに、と訊きかえした。運動会だよ、とひとさし指で頰を掻《か》く。

「このタイミングでその質問する意味がわからないんだけど、なんなの？」

「いや、前より走るのが速くなったように見えたから」

「そう？」

徒競走はビリでゴールしていた。ダンスもあまりうまくなかった。

「でも、それってあの子が大人になった時、なにか問題ある？」

和孝は天井から吊《つ》り下がったハートの飾りをぼんやり見上げてから「ないな」と呟く。

「大人になったらもう徒競走なんてしない」

「でしょ？」

晴基の後を追ってミニ縁日に向かう途中で、和孝が「俺も遅かったよ」と呟いた。

「走るのが？」

「うん」

「わたしも」

結婚前も、後も、和孝の足が速いかどうかなんて気にもしなかった。ほんとうに、その程度のことなのだ。

和孝と出会ったのは、友人の結婚式の二次会だった。和孝は「新郎が昔バイトをしていたピザ屋の先輩」という薄いつながりしかなく、披露宴には呼ばれていなかった。

二次会はもうみんなたいがい酔っぱらっていて騒がしく、新郎がスピーチをはじめても、誰も耳を傾けようとしなかった。希和以外は。

喧騒の中、必死に耳を傾けたが、半分ほどしか聞き取れなかった。「お前らしょうがねえな」と新郎がマイク越しに苦笑いした時、すこし離れたテーブルにいた誰かがぱちぱちと拍手をした。それが和孝だった。

「誰も聞いてないよなって思いながら喋《しゃべ》るのって、つらいでしょ」

後になって、和孝はそう話していた。

そうだった。もともとは、ちゃんと人の話を聞ける人だった。聞こうとしてくれる人だった。

なにか言うより自分が手を動かしたほうがはやいと家事を分担することをあきらめ、育児の疲れから話している暇があったら寝たいと口を噤《つぐ》むことを選んだ。それは間違ったやりかただったかもしれない。でもこれまでのことを後悔し続けるよりは、この先の日々のことを考えたかった。

まだ、遅くはないはずだ。わたしたちは。そんなふうに思いながら、希和は和孝の横顔を見る。

晴基が希和たちに気づいて手を振った。くじはどうやらはずれだったらしく、駄菓子の入った袋を手にしている。それを見た和孝がおかしそうに笑い、つられて笑う希和の視界の端で色とりどりのスーパーボールが水に浮かんで揺れていた。

黄色にピンク、緑に赤。子どもはカラフルなものに引きつけられる。要ががしゃがしゃと音を立てて振った缶にはカラフルなドロップの絵が描かれていた。

「そんなに振ったら割れますよ」

宝石みたいなドロップが入った缶。子どもの頃に大好きだった。かたちがひとつひとつ違うところも好きだった。昔懐かしいドロップの缶は大先生からの差し入れらしい。子どもたちのおやつに、とのことだった。

「あの人、おやつと言ったらビスケットかドロップだと思ってるんですよ。昔の人だから」

「昔の人って」

「これね、白いの入ってるでしょ。すーっとするやつ」

「薄荷ですか?」

鐘音家ではそれを食べるのはいつも父である大先生と決まっていた。

要は薄荷が好きだったが「お父さんのいちばん好きなやつ」と、遠慮して食べなかった。

理枝ちゃんやお兄さんの研さんも同様に。

「つい最近、それが勘違いだったということが判明して」

「えっ」

子どもたちがあまり好きではない味のようだから、と大先生が勝手に思いこんで、でも余ったらもったいないからという理由で、苦手な味の薄荷ドロップばかり率先して食べていたのだという。

「おたがいなんとなく思いこんだまま、何十年もすれ違っていたんですね」

「せつない話ですね」

神妙に頷きながらも、いかにも仲が良さそうに見える鐘音家の人びとにもそういうことがあるのだと知る。励まされるというほどではないが、どこも同じなのだなと思うと感慨深くはある。

希和たちがそんな話をしているあいだにも、子どもたちは宿題をしたり、パズルをやったり、めいめい自由に過ごしていた。

晴基は、今日は来ていない。関くんたちと遊びに行ってしまった。このあいだ陽菜ちゃんから聞いた携帯電話の盗難事件のことを晴基や関くんにも訊《たず》ねてみたが「知らない」とのことだった。嘘をついているようには見えなかったが、たしかなことはわからない。

彼らを疑っているわけではない。ただ、子どもの世界には子どものルールがある。希和は子どもではないから、いずれ陽菜ちゃんから聞いたことを沢邉あみ先生に報告するだろう。伝えかたを間違えれば陽菜ちゃんの置かれている状況が悪くなるのではないかという心配もある。どうしたらいいのか、まだ決めかねている。

「ぼんやりしてますね」

要に言われて、あわてて雑巾《ぞうきん》を持ち直した。そういえばまだ掃除の途中だった。

「いいんですよ、べつに勤務中ずっとなにかしてなくても。することがなければぼんやりしてくれてて」

「そういうわけには」

たとえばほら、と要が美亜ちゃんのほうを手で指し示す。パズルのピースを手に、難しい顔をしている。

「ああいう時には話しかけちゃいけないんです。集中してるから。子どもって、ずーっとかまってあげる必要ないんです。ただふっと彼らが顔を上げた時に」

その声が聞こえたかのように、美亜ちゃんがこちらを見た。希和と目が合うと、にこっと笑って、またパズルに戻る。

「彼らの視線の先にいたらいいんです、希和さんや僕が」

要にはどうしてそんなに、子どもたちのことがわかるのだろう。そう訊ねると、要は「自分が子どもだからじゃないですか?」と笑って、いつものように眉《まゆ》の上を掻く。なにか考えていたり、すこし困っていたりする時の癖だと最近知った。

「きっと大先生たちの教育がすばらしかったんですね」

希和が言うと、要の笑顔が翳《かげ》る。

「いやあの人たちは、とにかく忙しかったし」

家にいないことも多くて、と希和から視線を外す。

「後悔している、と言ってました」

姉のこと、と続いた。あの時家にひとりにしなければ。気をつけていれば。親ならば後悔するに決まっている。

「後悔なんかしなくていいのに。だって悪いのは姉に危害を加えようとしたやつなんだから」

ほんとうは誰でもよかった。鐘音家に侵入し、小学生の理枝ちゃんを襲った男は、そう供述したそうだ。ずっとつけまわしていたくせに、言い訳のつもりだったのだろうか。隙のありそうな子をさがしていてあの子を見つけた。ほんとうは誰でもよかった。

「誰でもよかったなんて嘘だ。だって自分より弱い相手を選んでるんですよ、わざわざ」

要の声に異様な力がこもって、数人の子どもたちが驚いたようにこちらを見た。あの事件が鐘音家に落とした影の深さをあらためて思い知らされる。

自分のペースや機嫌をコントロールするのが上手な人。要のことはずっとそう思ってきた。焦ったり怒ったりする姿を見たことがなかったから。でもそれは焦る、怒る、という感情が「ない」ということではなかった。

「僕は怒ってます。あの日以来ずっと怒っている。機嫌がいいとか、毎日をおだやかに過ごすっていうのは、感情を殺すって意味じゃない。僕は自分の感情を殺したくない」

希和がその言葉の意味について考えていると、要が「あの」と希和に向き直った。

「姉が中学生の頃にいつもいっしょに帰ってた人って、希和さんですよね」

前からそうじゃないかと思っていたのだが、今までずっと訊きそびれていたのだそうだ。

「僕はあの頃子ども心に姉を守らなければいけないと思ってました。だから毎日姉の通学路に迎えにいってたんです。希和さんは忘れてるかもしれませんが」

覚えている。でも、ただ年の離れた姉を慕ってまとわりついているだけだと思って見ていた。守らなければならない、なんて。

そうだったんですね、と呟いたら鼻の奥がつんと痛くなった。そんなことを考えていたのか、あの小さな男の子は。

机に置かれたドロップの缶を手に取る。蓋をとって手の上で振ったら薄荷が出てきて、思わず笑ってしまった。

「姉が誰かと楽しそうに喋りながら歩いているところを見ると、すごく安心しました」

「じゃあわたしもちょっとは誰かの役に立ててたんですね」

要もドロップの缶を手に取って、ひとつ口に入れる。片頰がふくらんでおさない顔になった。

「ただそこにいる、ということに意味があるんです」

今もね、と小さな声で続ける。

「これからも、よろしくお願いします」

「よろしくお願いします」

頭を下げ合う希和たちを、美亜ちゃんがふしぎそうに見ていた。


ただそこにいるということに意味がある、と要は言った。それでも自分は意思を持ってそこにいる人になりたい。そんなことを思いながら、まっすぐに続く道を歩いていく。希和たちの住むマンションと学校は、一本のまっすぐな道で結ばれている。希和が子どもの頃はこの道に用水路があり、たまに亀が泳いでいた。あたたかい日は生臭い、嫌なにおいがした。小学生たちは頻繁にここに上靴やプリントを落とした。たまにふざけていて自分が落ちてしまう子もいた。

用水路は十数年前に埋め立てられ、がたがたのアスファルトはきれいな色のタイル張りにかわった。監視カメラが設置され、車は通行禁止になっているから安心だと多くの人が言う。

今歩いているこの道の下には、まだ用水路が存在している。水が流れている。人の目に見えなくなったということと、存在が消えたこととは違う。

監視カメラにうつらない場所で、今日も誰かが傷つけられている。心が損なわれる瞬間は目に見えない。監視カメラにはうつらない。

薄荷の飴《あめ》をポケットからとりだして、口に入れた。このあいだ要とドロップの話をした後なんとなく食べたくなって買ってしまった。

子どもの頃はこの味が嫌いだった。嫌いだったものをいつのまにか好きになっているということ。良いことのはずなのに、なぜだかすこしさびしい。

今日は特別参観と呼ばれる学校行事がおこなわれる。普通の参観日との違いは、三時間目から五時間目までどの時間に見にいってもいいということ、自分の子どものクラス以外も自由に見学できること。

六時間目は保護者懇談会が予定されている。今日が二月の二十五日だから、四年生は最後の学校行事になるだろう。もっとも今年度から一クラスになったため、年度が変わってもクラス替えはない。

同じ道を通って学校へ向かう保護者のほとんどがマスクをしていて、自分もしてくればよかったと思うが、昨日ドラッグストアに行ったらマスクの棚は空っぽだった。例のアレ、とか新型のやつ、という言いかたを、希和の周りの人はする。名前を呼んだら感染してしまうかのように、その名を口にすることを避けている。

感染力が非常に強いとテレビで言う人もいれば、ネットの記事には手洗いうがいでじゅうぶんに予防できると書いてあったりもして、いったいどちらを信用すればいいのかと、毎日うっすらとした不安につつまれて過ごしている。

出がけにつまらないセールスの電話を受けたせいで家を出るのが遅くなった。このままでは四時間目の開始時間に間に合わないと焦りながら歩みを速めた。

三時間目は最初から見にいかないつもりだった。体育の授業だったし、希和自身がすこし風邪気味だったから。二月下旬の、しかも午前中の体育館なんて寒いに決まっている。だから四時間目の国語と五時間目の算数だけ見て、六時間目の保護者懇談会に出席して帰る、と決めた。

給食をはさむのでいったん家に帰らなければならないが、おそらく保護者は保護者懇談会の直前の五時間目に集中する。人がすくないうちにゆっくり授業を見ておくのもいい。

以前は学校行事が憂鬱《ゆううつ》だった。たいした活躍をするわけでもない晴基を見ても、という思いすらあった。

でも今は、活躍だとかなんだとか、そんなことはどうでもよくなった。今日の晴基は、昨日の晴基とはもう違う。すこしずつ大きくなって、顔つきだって変わっていく。

だから見ておきたい。ぜんぶ覚えていられなくても、しっかりと見ておきたい。

正門を通った時に、ちょうど岡野さんとすれ違った。四時間目は見ないのだろうか。うつむいて歩いているせいで希和には気づいていない。すれ違いざまに「こんにちは」と声をかけた。顔見知りの保護者に会ったら相手が誰であれ挨拶《あいさつ》はする。むろん、岡野さんにもだ。普通のことをしているだけだ。

岡野さんは顔を上げて希和を見たあと、挨拶を返さずに通り過ぎていった。

陽菜ちゃんが話していた「なんのために勉強するか」というあの話を、希和はしっかりと覚えている。覚えておきたいと願っている。岡野さんが自分の娘におくった言葉が、ゆきのちゃんの世界の色を変えたということ。

いつか、岡野さんに伝えたかった。知ってほしかった。よその子どもの世界なんて、岡野さんにとってはどうでもいいかもしれない。

でも、あなたが植えた花の種子が、思いもよらない場所に運ばれ、そこで芽を出したとしたら、それはとても尊いことだと思うんです。間接的にではあっても、あなたの言葉が、たしかにひとりの女の子の可能性を広げたんです。

いつか、そんなふうに、岡野さんに話せたらいい。

大きく息を吸って、吐いた。薄荷の匂いがする空気を肺に送りこんで、校舎に足を踏み入れる。

授業参観は四時間目も五時間目もつつがなく終了し、保護者懇談会がはじまる。四月と同じだ。ロの字型にくっつけられた机の席順は決まってないが、やはり希和が座るのは福岡さんや八木さんの反対側だった。四月と違うのは、岡野さんがいないこと。

福岡さんが新たなボス的な位置におさまったようだ。休み時間にそれとなく観察していて気づいた。

福岡さんは今、まっすぐに背筋を伸ばして、黒板の前に立って喋っている沢邉先生を見ている。時折、両側に座る保護者と意味ありげな視線を交わす。机の上に広げているあの分厚い手帳には、いったいなにが書かれているのだろう。

沢邉先生は年明けからのクラスの様子を話している。みんな積極的に課題に取り組んでいます、漢字テストの平均点が一学期に比べて上がりました、等々。なにか質問は、と沢邉先生が言った時、八木さんが手を挙げた。

「先生、来年度からも、この学年は一クラスなんですか?」

「そうです。一学期にひとり転校して人数がさらに減りましたし、転入等で人数が増えれば今後は二クラスになる可能性もあるかもしれませんが……」

頬を紅潮させて説明する沢邉先生の言葉を遮るようにして福岡さんが「でも」と声を上げた。

「先生は現状、児童全員に目が届いていないところがありますよね？　手のかかる子にばっかり目が行きがちで」

手のかかる子、と聞いて、隣にいた堤さんがうつむいた。

「それって公平じゃないと思うんですよねー」

沢邉先生はなにかを考えるように唇をきゅっと結んでいる。

「児童全員に目が届いていない、というのはたしかにそうかもしれません。ですが補助の先生にも来ていただいてます。わたしもクラスの子全員と一日一回は会話をしようと努力しています。それに、人数が多いからこそ学べることや、できることもあるんです。たとえば」

「そうでしょうか」

また八木さんが沢邉先生の言葉を遮る。

「それにー、先生もただでさえプライベートでいろいろお忙しいでしょ？」

何人かが笑った。空気をほんのわずかに揺らすような小さな笑い声ではあったが、沢邉先生ははっとしたように黙りこんでしまう。

「問題を起こすような子と自分の子を同じクラスに置いとくのは正直言って心配でーす」事前に打ち合わせでもしていたのだろうか。数名が「わたしもそう思います」「そう思います」と手を挙げる。グループLINEの画面と同じだ。同感です。わかります。小さな画面に同意の言葉ばかりが積み上がっていくのを苦々しく見つめていた。

希和はそこに自分の言葉を重ねなかった。無言は同意と見なされていたのだろう。そんなのはもう嫌だと、自分の声を発しかけた瞬間にそこから切り離されて、なかったことにされてしまった。

手を挙げても無視されそうな気がしたから、いきなり立ち上がった。堤さんがぎょっとしたような顔で見上げてくる。喉《のど》がからからに渇いていて、咳《せき》をすると鈍く痛んだ。ただそこにいるということに意味がある。ならばその意味を、他人に委《ゆだ》ねまい。

「先生のプライベートなことは、今この場では関係ないと思います」

福岡さんの口がかすかに開いた。驚いているというよりは、どこか呆《あき》れているように見える。

「問題を起こすような子と同じクラスになりたくないと福岡さんは仰《おつしや》いましたが、わたしはクラスの子全員に問題を起こす可能性があると思います」

「え、うちの子もそうだって言いたいの？」

「はい。うちの子の晴基もそうだし、他の子もそうです。もちろん福岡さんのところもです。

わたしは……わたしは、学校ってあんまり好きじゃないです。自分が子どもの頃もそうだったし、子どもを産んでからもそれは同じです。ただ同じ地区に住んでて年齢が同じってだけで、年齢が同じ子がいるってだけでいっしょくたに教室に放りこまれて、そこでなんとかやっていかないといけない。なんて乱暴な世界なんだろうって思ってました。でも、でも悪いことばっかりじゃないんだって最近は思うようになりました。だって自分の好きなもの、気の合う人ばかりをまわりに置ける環境は快適です。居心地がいい。正しいものしかいないなら、統率もとれるでしょう。でもだからってすぐに異分子を排斥するのは、違うんじゃないでしょうか。わたしたちは保護者です。わたしたちのすることを子どもたちは見てる、だから、こ」

「なにが言いたいのかぜんっぜんわかんない」

大きな声で希和の発言を遮った福岡さんと八木さんが「ねえ」と顔を見合わせ、何人かがまた笑ったが、どこかぎこちなくもあった。

堤さんが希和の腕を引っぱる。もう座ったほうがいい、というように。それでも希和は、その場に立ち続けた。

あちら側とこちら側。

四月の保護者懇談会で、そう思った。自分があちら側に座ることはきっとない。今もそう思っている。

八木さんになにごとかを耳打ちされた福岡さんが、おかしそうに口もとを押さえる。頬が持ち上がってわずかに上目遣いになり、希和にはそれがとても滑稽《こっけい》な顔に見え、次の瞬間にすうっと頭の中が冷えた。

あちら側とこちら側。そんなもの、どうでもいい。くだらない。笑えばいい。好きなだけわたしを笑えばいい。

わたしが行きたい場所は、あなたの側じゃない。

チャイムが鳴る。福岡さんが分厚い手帳をばたんと閉じた音が、やけに大きく教室に響きわたる。

たったひとことで状況を一変させるような、魔法みたいな強い言葉は、きっとこの世にはない。それでも自分の言葉を持ちたい。

これからどうなっていくのだろう。ただ保護者のあいだで「なんとなくめんどくさそうな人」と疎まれて遠巻きに笑われるだけの存在に成り下がるのかもしれない。その想像は、希和を怯《おび》えさせない。広々とした場所にひとり立って、風を受けているような気分だ。今の希和にとって孤立は罰ではなく、解放だった。

『アフタースクール鐘』の仕事が休みの木曜日、つけっぱなしにしていたテレビから「一斉休校」というような言葉が聞こえてきて、夕飯の支度をする手をとめた。

全国の自治体に一斉休校の要請があったという。三月二日からという日付に驚いてカレンダーを何度も確認する。今日が二十七日で土日をはさむから、月曜日から休校となると、明日いきなり三学期が終了するということになる。春休みがはやくはじまるだけ、というような問題ではないのだが、そういった調子で語られていることに強い違和感を覚える。なにがおこっているのだろう。

残りわずかな三学期、いっしょにしっかりと学んでいきましょう。昨日晴基が持ち帰った学級だよりに、沢邉先生はそう書いていたのに。

「え、どうなるの?」

ソファーに転がってゲームをしていた晴基が声を上げる。どうなるんだろうね、と言ってから、答えになっていないと気づいた。「要請」だから、まだどうなるかわからないよ、と説明し、一晩待ったが、学校からの連絡はいっさいなかった。

おそらく学校側も対応に追われているのだろうと思いながら、いつもと同じように晴基を送り出した。靴を履きながら「休校になるかな」と希和を振り返る晴基の表情は、それを望んでいるようにも、おそれているようにも見える。

昼過ぎにようやく、学校からの一斉送信メールが来た。三月二日からの臨時休校が決まったという。三月上旬に予定されていたPTA総会は中止、卒業式は未定、と書かれていて、ソファーに座りこんだまま、しばらく動けなかった。

学校が突然休校になってもすべての親がそれに合わせて仕事を休めるわけではない。『アフタースクール鐘』に来ている子どもたちの保護者の顔を思い浮かべる。

要はどうするのだろう。メールを送ったが、まだ返信はない。大先生たちと相談中なのかもしれない。どうなるかわからない、という不安が、家にひとりきりでいる希和の胸に重くのしかかる。テレビをつけると不安になるような情報しか流れてこない。

しんとした部屋で、自分のSNSのページをひさしぶりに開いた。きれいに配置されたお菓子やテーブルに飾った花や、かわいいと思った本の表紙。自分の好きなものをあつめて「暮らしを楽しむ」をやってきた。

けれどももう、それらは希和の心を慰めない。今は不安を不安のまま抱えるほうがいい。こわくても、自分の心をごまかしていないと思えることがうれしい。

晴基の帰宅時間を見計らって、外に出た。まっすぐな道の先に、晴基の姿を見つけた。両手いっぱいに絵の具セットや書道セットを持って、ふうふう息を吐きながら頬を赤くして歩いている。思わず駆け寄ると、晴基が驚いた顔をした。

「お母さん、どうしたの」

晴基の手から荷物を受けとると、晴基の手のひらが真っ赤になっていた。

「今日で三学期が終わるなら、荷物が多いだろうと思って。迎えに来たの」

「通知表とか休み中の宿題とかは、あとで先生が届けに来るって」

「そうなの」

「春休みが増えたって、セッキーたちは喜んでたけど」

けど、の続きを言わずに押し黙る晴基の隣で、希和は自分の感情を、わかりやすい言葉で伝えようとこころみる。

「今、お母さんはね、読んでた本の最後の数ページをいきなり破って持ち去られたみたいな気分になってる」

やっぱりうまく言えなかった。感情を言葉にすると、いつもほんのすこしだけ真実と違うように感じられる。目で見た風景とカメラで撮影したものがすこし違って見えるのと似ている。

「晴くんはどう思った？」

「まだよくわかんない。休みはうれしいけど、いきなりで。びっくりしてる」

「そっか」

「あのね」

ためらいがちに口を開いては閉じる晴基の言葉を、辛抱強く待った。

「あのね、ときどき急にワーッて叫びたくなる時があるよ」

誰になにをされるとか、先生が嫌だとか、そういうことではないのだと晴基は言う。でもふとした拍子にものすごく息が苦しくなることがあると。たとえば給食を食べている時。

合奏の練習をしている時。教室で「話し合い」をさせられている時。

「学校で？」

「うん。学校で」

申し訳なさそうに首をすくめて「でも、たまに、家でもそういうことあるよ。あと友だちと一緒の時でも」とつけたした。

持っていた絵の具セットや書道セットが重みを増して、手に力がこもる。『アフタースクール鐘』の庭の木に吊り下げられた札を思い出した。こんなところにいたくない。あれを書いたのはやっぱりあなたなんでしょうとまでは、希和は問わない。

「みんなのことが嫌い？　それとも学校や家が、かな」

「そういうんじゃない」

激しく首を振って「そういうんじゃないんだよ」と苛立たしげに繰り返す。それは嘘ではないのだろう。でもこの子は今、叫び出したくなるほどの窮屈さを感じている。

「きっと、狭すぎるんだね。晴くんには。今いるこの場所は」

晴基を自由にしてあげたい。手足を存分に伸ばして、楽に呼吸ができるような場所にしてあげたい。だって、わたしは親だから、と希和は思う。親だから、子どもを幸せにしたい。

でも親の手から差し出した瞬間に、それはもう自由ではなくなってしまう。晴基自身が戦って獲得しなければ意味がない。親の出る幕じゃない。

低学年と思われる子どもたちが数人、駆け足で希和たちを追い抜いていく。彼らの荷物は上靴とランドセルだけだ。低学年の子は荷物を持ち帰らなくてもよいのだろうか。

彼らは競走をしていたらしかった。先頭を走っていた子が「俺いーちばん！」と叫びながら標識に触れるのが見える。あとに続いた子どもがくやしそうになにごとかを短く叫ぶ。

あらためてよく見てみると、晴基はランドセルの側面に上靴入れをひっかけていた。腕二本では足りなかったのだろう。

「だいじょうぶ？」

「うん。お母さんは？」

だいじょうぶよ、と答えたが、絵の具セットも書道セットもうんざりするほど重かった。おそらくランドセルにもぎっしりと教科書が入っているはずだ。一歩進むたびに本が上下に揺れる音が聞こえる。

「ほんとのこと言うと、すごく重い」

「だよね。重いよね」

「いつも、こんなに重いのを持って行ってるんだね」

「うん」

顔を見合わせて笑い合う。

「僕たちも競走する？」

晴基がそんな提案するので思わず「ええ？」と声を裏返らせてしまった。

「無理だよ。お母さん、こんなの持って走れない」

「走るんじゃないよ、スキップ競走。このあいだセッキーとやったんだ」

「学校で、いったいなにやってるの？」

「速い人が一等じゃないんだよ。いちばん楽しそうにスキップできた人が勝ちなんだよ。すごく難しいんだよ」

うまく言葉が出なかった。「足の速い人が一等賞ではない競走」を、晴基たちは自分たちで編み出したというのか。

彼らはいつ知ったのだろう。勝ちの種類がひとつではないことを。前進する方法がひとつではないことを。いつのまに、どうやって、知り得たのだろう。

子どもたちは自分で選べる。いつだったか、要とそんなふうなことを話した。

ほんとうに、そうだ。そのとおりだった。

晴基はいずれ、ここではない世界に旅立つ。自由と、それにともなう責任を手にする。見守ることしかできないならば、せめてその瞬間までしっかりと目を開いていよう。

「行くよ。よーいドン！」

掛け声とともに、晴基の身体がふわりと浮いた。ランドセルの中の本がまた音をたてて、上靴入れが下向きの弧を描く。軽やかとは言いがたい動きだが、晴基はスキップをやめない。

「待ってよ」

希和は離れていく息子の背中に向かって声をはりあげた。

晴基の髪が金色のヴェールを纏《まと》ったように光っていて、その美しさに思わず声が漏れた。雲の切れ間から射した太陽が、工場の屋根と家々と行き交う車の屋根を夕方の色に染めていく。

わたしが育った街。あの子を産んだ街。これからも生きていく街。

見慣れた風景の中を、晴基は希和を待つことなく進んでいく。

スキップのやりかたなんて忘れてしまったはずなのに、右膝《ひざ》を上げたら勝手に左足が地面を蹴《け》った。身体がほんの一瞬宙に浮く。すぐに息が切れてしまい、両手の荷物が手のひらに食いこんだ。吐く息は白く、またたくまに空中に溶ける。すでに、足がじんじん痛みはじめている。楽しそうにスキップできているだろうか。わからないけれども、でもすくなくとも希和は、この瞬間をたしかに楽しんでいる。子どもの進む背中を見守りながら、自分もまた前進できることも、もう知っている。もちろん身体は以前よりちょっと重くなったけどねと笑いながら、希和はまた勢いよく地面を蹴った。

初出　掲載誌はすべて「カドブンノベル」
いちご　2020年1月号
メロンソーダ　2020年4月号
マーブルチョコレート　2020年6月号
ウエハース　2020年8月号
トマトとりんご　2020年10月号
薄荷　2020年12月号

寺地はるな（てらち　はるな）
1977年佐賀県生まれ。大阪府在住。2014年『ビオレタ』で第４回ポプラ社小説新人賞を受賞し、同作でデビュー。他の著書に、『大人は泣かないと思っていた』『夜が暗いとはかぎらない』『水を縫う』『どうしてわたしはあの子じゃないの』などがある。

声《こえ》の在《あ》りか

2021年５月24日　初版発行
2021年９月25日　３版発行

著者／寺地《てらち》はるな

発行者／堀内大示

発行／株式会社KADOKAWA
〒102-8177　東京都千代田区富士見2-13-3
電話　0570-002-301（ナビダイヤル）

印刷所／株式会社暁印刷

製本所／本間製本株式会社

●お問い合わせ
https://www.kadokawa.co.jp/（「お問い合わせ」へお進みください）
※内容によっては、お答えできない場合があります。
※サポートは日本国内のみとさせていただきます。
※Japanese text only

定価はカバーに表示してあります。

ISBN 978-4-04-111077-5　C0093